AF312086

LA
STATUE VOLÉE

MÉDITATIONS

OUVRAGES DU MÊME AUTEUR

A la Librairie Garnier Frères

La Morale de Nietzsche. (Nouvelle édition augmentée d'une préface.)
Les Idées de Nietzsche sur la Musique.
Le Romantisme Français. (Essai sur la révolution dans les sentiments et dans les idées au XIXᵉ siècle.)
La Doctrine officielle de l'Université. (Critique du haut enseignement de l'Etat. — Défense et théorie des humanités classiques.)
Portraits et discussions.
Les Chapelles littéraires. (Claudel, Jammes, Péguy.)
Henri de Sauvelade. Roman.
La jeunesse d'Ernest Renan. (Histoire de la crise religieuse au XIXᵉ siècle.) — Tome I : De Tréguier à Saint-Sulpice. — Tome II : Le drame de la métaphysique chrétienne.
— *Pour paraître prochainement :* Tome III : La critique biblique et la crise de la foi.

Chez Plon

Le Crime de Biodos. Roman.
Cinquante ans de pensée française.
Mes routes.

Chez Bernard Grasset

Philosophie du goût musical. (Collection : *Les Cahiers verts.*)
Renan et Nous. (Collection : *Les Cahiers verts.*)

Chez Crès

La Promenade insolite. Roman.

Chez Payot

L'esprit de la musique française. (De Rameau à l'invasion wagnérienne.)
Frédéric Mistral, poète, moraliste, citoyen.

Chez Albin Michel

Le secret d'Abélard (suivi de *La nuit Tarbaise.*) Nouvelle.

PIERRE LASSERRE

LA STATUE VOLÉE

MÉDITATIONS

COLLECTION SAINT-GERMAIN-DES-PRÉS N° 7

PARIS
LE DIVAN
37, Rue Bonaparte, 37

1927

IL A ÉTÉ TIRÉ DE CET OUVRAGE :

25 exemplaires sur papier Japon numérotés I à XXV.
1000 exemplaires alfa numérotés I à 1000.

PRÉFACE

*Les morceaux que je recueille dans ce volume
sont vieux de près de trente ans. Le dernier a même
passé la trentaine. Ils ont cette marque de jeunesse :
la subtilité. Par là même, je crois qu'ils gardent
un intérêt pour quelques esprits subtils. En les
relisant dans la petite revue obscure qui les publia
et où ils ne furent remarqués de personne, je n'ai
pas eu, je l'avoue, l'impression que le temps, s'il
les a marqués, les eût affaiblis. Il n'affaiblit point
ce qui est sincère. Dans leur amertume, ces pages
le sont. Elles ne disent que ce que je sentais et
pensais réellement en la saison fièvreuse qui les vit
naître. On n'aura pas de peine à y relever, il est
vrai, une certaine recherche de style. Mais on
sentira bien que ce défaut est purement littéraire,
non moral, qu'il tient à la gaucherie d'une plume
insuffisamment exercée, nullement à une affecta-
tion de la personne elle-même, à une peine que se
fût donnée l'écrivain pour faire effet et paraître
ce qu'il n'était pas. A mes yeux, il n'est pire
tare pour un style, d'ailleurs conforme aux lois
de la rhétorique et de la grammaire, et surtout s'il*

a de la virtuosité pour les appliquer, que de ne point rendre le vrai son d'une âme. Tare plus fréquente dans l'âge de vieillesse des littératures, alors qu'il y a tant de grands auteurs dans la vivante tunique desquels il est trop facile de découper des oripeaux pour se déguiser avec faste, et dont la palette naturelle offre aux effrontés littéraires de belles couleurs qu'ils n'ont qu'à gâcher un peu pour s'en grimer triomphalement. Je n'ai jamais eu assez d'habileté ni assez d'improbité pour user de ces artifices. Vaille que vaille, j'espère qu'on sentira couler dans ces écrits de jeunesse un filet de vérité et de sensibilité humaine, et qu'on ne confondra pas avec ces procédés mimétiques les efforts d'une diction que je suis le premier à reconnaître trop appliquée.

Ces essais, du moment que je me décidais à les rendre au jour, il fallait les donner tels quels, sans y rien changer. J'ai toutefois le droit, ou même j'ai le devoir d'y ajouter quelques commentaires et d'y signaler librement telles ou telles erreurs dont l'âge et l'étude m'ont fait revenir. C'est à quoi j'ai pourvu par quelques notes au cours du volume et par quelques explications plus générales qui sont l'objet de cette préface.

*
* *

La rêverie ou méditation dans un vieux jardin des plantes *a été écrite à la fin de l'année* 1898.

Je l'ai conçue à Douai où j'avais passé les mois de Septembre et d'Octobre. On m'a dit que ce charmant jardin avait été sacrifié, dès avant la guerre, aux nouveaux aménagements de la ville. Je ne l'ai pas appris sans tristesse. Ce qui m'a le plus attristé, c'est le rapt par les Allemands, de la statue en bronze de Marceline Desbordes-Valmore, harmonieuse sœur de ces dames d'antan, de ces créatures rêvées, dont je poursuivais aux circonvolutions des allées et aux arcs-en-ciel des jets d'eau les insaisissables fantômes. Ce délicat monument, objet pour moi d'un pieux souvenir, parce qu'il avait pour auteur mon beau-père, Edouard Houssin, artiste natif de Douai, pouvait bien fournir la matière de deux à trois obus de 420. Il n'est pas sûr qu'on l'ait employé à cela. Je ne serais point surpris qu'un reître important, capable de concevoir à quel point la fine sentimentalité d'expression, la touchante élégance de cet ouvrage étaient quelque chose de « pien vrançais » — echt französisch — l'ait dérobé à la fonte et destiné au parc ou vestibule de son château de Poméranie. La Poméranie est loin. Le feu comte Robert de Montesquiou qui aimait cette statue, grâce à qui elle avait été érigée, l'a vainement fait rechercher depuis l'armistice par les commissions françaises.

Je n'essaierai pas de définir l'inspiration de ce morceau d'un genre un peu étrange, dont il ne conviendrait pas d'abuser. A supposer que cette inspiration soit de quelque prix, je la massacrerais

en l'expliquant, et d'autant que je ne me l'explique
pas complètement à moi-même. Ce serait solidifier
ce qui doit demeurer à l'état fluide et dogmatiser
durement sur de pures impressions. J'en veux
toutefois désavouer la note anti-chrétienne. Ou
plutôt je n'ai pas à la désavouer, mais à faire
remarquer seulement ce qu'elle a de factice et
d'arbitraire au point de vue de mes idées mêmes, auxquelles on la voit ici se superposer sans nécessité, et,
je le dirai franchement, par pure jactance. Les
sentiments bons et beaux que je me plais à donner
en certain passage comme s'opposant à la religion
du Christ ne s'y opposent pas en réalité. Elle ne
les condamne pas. Ils s'accordent avec elle. Et si je
les lui fais, bon gré mal gré, réprouver, c'est en me
référant à une notion fausse du christianisme.
J'étais, comme je traçais ces pages, dupe d'un
sophisme, historique et psychologique à la fois,
qui consiste à se représenter l'esprit chrétien
d'après les outrances tourmentées de certains
sectaires que jamais l'autorité n'approuva, et dont
on retrouve les pareils dans toutes les religions
de l'esprit, et même dans toutes les sectes philosophiques. Ces malheureux, perdant de vue le gain
intellectuel et moral qui seul peut donner une
valeur aux nécessaires épreuves de la souffrance,
en viennent à estimer, à goûter la souffrance pour
elle-même, ou du moins à en faire profession, et
à mépriser du haut de leurs mortifications sans
règle, je ne dirai pas les heureux, car il n'y en a

point, mais ceux-là qui naïvement, aimeraient mieux qu'il ne fallût point souffrir, et, comme les vaporeuses héroïnes de ma rêverie, souffrent du moins avec un sourire. Il est cependant insensé d'estimer la douleur pour un autre motif que l'embellissement qu'elle apporte à une âme qui sait en tirer leçon et apprendre d'elle à chercher dans des vues plus larges et des affections plus étendues et plus pures de plus hautes joies. N'est-ce pas le fruit qu'en espère un vrai christianisme, d'accord en cela avec Platon et aussi avec Gœthe, particulièrement avec le Gœthe de la tragédie de Marguerite et du second Faust ? Je n'oublie pas le péché originel, ni cette « masse de perdition » dont nous parle saint Augustin et que le genre humain eût constituée, selon lui, à la veille de l'Evangile. Mais le christianisme exige-t-il que ces idées soient entendues en un sens écrasant ? Ne sauraient-elles l'être en un sens stimulant, sans lui faire offense ? Dans ce cas, elles n'auraient rien de contraire aux idées de progrès. Il n'y a rien de si favorable à l'optimisme qu'un pessimisme bien compris.

Oui, religion de la souffrance, religion du laid, si, sans avoir précisément employé ces formules conventionnelles et fausses, je les ai suggérées peut-être, je désavoue les mots de mon texte qui les suggèrent, je regrette ce que ces mots peuvent mêler d'irritant à une inspiration qui ne fût demeurée pleinement fidèle à soi-même qu'en se montrant sous toutes ses faces, humanité et douceur. Pour rien au monde, je ne voudrais qu'elles me fissent classer parmi ces rhéteurs qui parlent de l'entrée du christianisme dans le monde comme d'un sombre événement qui aurait interrompu une fête et obscurci de nuées funèbres le soleil d'une universelle joie. Vision ridicule ! Les hommes, avant la prédication évangélique, n'auraient donc pas été des hommes, gênés et blessés par leur besace aux mêmes endroits que nous, mais des espèces de demi-dieux ! Certes, je veux bien que les héroïques sectaires par qui la religion nouvelle se répandit aient quelque peu injurié le ciel, comme le leur reproche Lucien, de la disgrâce de leurs personnes et de la rudesse de leurs discours, qu'ils aient péché contre l'esthétique de Phidias et celle de Cicéron. Mais n'était-ce pas là, plutôt qu'un grief, un juste sujet de louanges, si cette esthétique se trouvait, au moment où ils vinrent, terriblement fatiguée, si rien d'égal à la statuaire ou à l'éloquence de la belle époque ne florissait plus, si la pure et vigoureuse beauté attique avait cédé la place aux grâces molles et composites d'Alexandrie, si l'art oratoire ne s'alimentait plus aux antiques sources du magnifique civisme romain, mais aux ingénieuses combinaisons de la rhétorique des écoles. Il serait bon, avant de verser de rétrospectives larmes d'esthète sur l'avènement de la religion chrétienne, de regarder si elle ne trouva pas le paganisme en pleine décomposition dans tous *les domaines et les esprits les plus élevés du paganisme aspirant de toutes parts à un renouveau humain. Appelons avec Renan saint Paul et ses compagnons de « laids petits Juifs ». A ces petits Juifs le monde tendait, sans bien le savoir, les bras. Le christianisme ne triompha que parce qu'il était demandé. Gardons-nous d'en regarder le succès comme une sorte de coup de théâtre allant à l'encontre de tout ce qu'on désirait et pensait, et qui, pour se frayer passage, renversa tout. Il sera plus juste d'y voir le gagnant d'une course universellement engagée. De toutes parts, des mouvements religieux s'essayaient. Ce fut celui-ci qui réussit et trouva la route de l'avenir. De toutes parts, les philosophes s'efforçaient d'infuser aux vieilles religions populaires un sang nouveau, de conférer aux vieilles mythologies de hautes significations morales et métaphysiques. Rien de plus noble que ces tentatives de réajustement religieux d'un Plotin, d'un Julien, d'un Porphyre ! Rien de plus faible, comparativement au jet volcanique du mysticisme judéo-chrétien. Rien de plus inefficace pour doter d'une foi nouvelle, d'une âme commune ces foules mêlées, juives, orientales, bientôt germaniques, qui envahissaient maintenant le champ de la civilisation helléno-romaine. Ces foules, voilà peut-être ce qu'il y avait de « laid ». Mais qu'y faire ? Elles étaient là. Elles ne trouvaient devant elles qu'un peuple romain rongé par la dénatalité, un peuple grec dépersonnalisé* par son mélange excessif avec les nations, rapetissé par la demi-servilité des offices qu'il remplissait trop souvent. Les petits vers d'une poésie épuisée, et qui ne vivait plus que d'imitation insincère, n'étaient pas, à leur manière, moins laids. Ce qui a réussi à pétrir et unifier moralement ces multitudes confuses s'est montré plus grand que ce qui a échoué. Et d'autant que l'Eglise, loin de proscrire en définitive les trésors littéraires et philosophiques de l'antiquité grecque et latine, en sauva des barbares ce qu'elle put.

Non ! en dépit de certaines paroles qui sonnent aigrement à mes propres oreilles, je n'éprouvais pas contre le christianisme une hostilité véritable. Je n'étais pas assez littérateur, j'avais trop de simplicité et de naturel pour cela, qu'il me soit permis de m'en rendre le modeste hommage. S'échauffer contre l'Evangile, comme ayant troublé l'ancienne sérénité de la vie humaine et substitué à l'équilibre de l'ancienne sagesse les tourments d'une soif mystique insatiable et démesurée, c'est là un thème connu, mais un thème de pure littérature, et je dirais presque de collège. Ceux qui le cultivent se construisent du paganisme un concept de complaisance sans base historique pour l'opposer au non moins factice concept d'un prétendu christianisme, qui n'est peut-être que l'expression de ce qu'ils sentent en eux-mêmes de vainement effréné. Ni le christianisme, tel qu'il a été dans l'histoire, n'a généralement manqué de bon sens, ni le paga-

nisme, d'une tradition de spiritualité très élevée
et très pure qui va de Pythagore aux écoles d'Alexandrie, et dont les plus généreux Pères de l'Eglise
se sont jugés les continuateurs. Comment répudier
d'une âme sincère des sentiments que dix-huit
siècles de vie chrétienne nous ont mis dans l'âme
et que nos orateurs, nos poètes classiques, nourris
de la Bible non moins que de la Grèce et de Rome,
ont naïvement fondus aux plus hautes et plus
tendres veines lyriques de l'antiquité ? Je crains
que celui-là ne laisse à désirer pour le sens humain
et sans doute aussi le sens littéraire, qui éprouve,
à passer des chœurs d'Antigone à l'Évangile selon
saint Jean ou aux Psaumes la même fureur, le
même mépris que s'il entendait succéder à des
chansons d'hommes libres et de héros des hurlements
d'esclaves et de démoniaques. Je crains qu'à la
place des battements naturels du cœur, il ne suive
un goût caporalisé par certaine philosophie de
l'histoire qu'inspire l'esprit de parti et qui trans-
porte aux siècles passés des querelles dont l'objet
est contemporain. A ces traits, ceux qui connaissent
Nietzsche le reconnaîtront, comme ils le reconnaîtront à certaines pages de ce petit livre où passe
un souffle de lui. De nature, je ne lui ressemblais
pourtant pas. Il m'avait quelque peu grisé la tête.
Beau génie certes, noble et fin jusque dans les ex-
trêmes éclats de sa fièvre chaude, mais génie maladif
aussi, trop porté à surélever la signification du
combat qu'il avait à soutenir contre ses propres

organes, et à se croire aux prises avec une ère de civilisation ennemie du beau, qui avait écrasé la fleur des athlètes.

L'article sur le Catholicisme *de Paul Bourget, dont le commencement de publication de ses Œuvres complètes fut le propos, appelle cette remarque. Au moment où il parut, octobre 1900, il fut reçu, à n'en pas douter, par tous les catholiques qui le purent lire, comme témoignant d'un état d'esprit qui ne donnait pas satisfaction à leur foi, mais qui s'accordait à l'honneur extérieur de leur religion, dont la morale y était élevée très haut, comme facteur de la civilisation humaine, dont les institutions et les libertés s'y trouvaient par là même implicitement défendues contre les entreprises anti-cléricales du jour.*

Je crains qu'aujourd'hui ces mêmes pages n'encourussent la réprobation de la même catégorie de lecteurs qui, voici vingt-sept ans, m'en auraient probablement loué et remercié. Ils estimeraient inquiétante cette louange du catholicisme pour des motifs tout humains. C'est le service rendu qui pouvait les frapper en 1900. C'est de l'insuffisance de ce service qu'ils seraient à présent frappés. Peutêtre même, la bonne foi de l'auteur étant mise à part, le jugeraient-ils équivoque quant aux résultats. Depuis 1900, le catholicisme français a regagné beaucoup de terrain dans la vie publique et dans la littérature. Il est beaucoup plus armé pour se faire entendre. Il ne veut plus confier son apologie qu'à ses propres mains, afin qu'elle soit intégrale et que le respect de ses titres historiques, moraux et sociaux n'aille plus sans l'obéissance dogmatique. Des pages de ce genre n'auraient plus de raison d'être. Elles seraient indiscrètes.

Je les reproduis pourtant comme témoignage d'une époque qui suscita au catholicisme maints défenseurs du dehors. Ce fut tout un mouvement. Les plus diverses traditions peuvent avoir entre elles des affinités. La tradition nationale, si puissante sur le cœur de la plupart des Français, se voyait insultée, menacée par l'internationalisme socialiste et humanitaire dont l'affaire Dreyfus encourageait l'insolence. Elle chercha instinctivement son soutien dans la tradition catholique, à quoi une grande part de notre histoire l'adosse. Des indifférents, et même des ennemis de la veille, se tournèrent alors vers le catholicisme avec sympathie par pur sentiment français. Quelques-uns allèrent plus loin et embrassèrent la foi elle-même. Ce fut, à coup sûr, une seconde et spéciale opération spirituelle, mais que cet élan de douloureuse piété vers l'image de la vieille patrie trempée au baptistère de Reims et tant de fois ressortie vivante des sépultures de Saint-Denis avait commencé par rendre possible. On demande maintenant s'il est vrai que tel ou tel incrédule célèbre ait fait des conversions. Il n'en a pas fait, il

*en a préparé. Le regretté Georges Dumesnil, profes-
seur à l'Université de Grenoble, mort très fervent
catholique, avait collaboré avec M. Ferdinand
Buisson et tenu pour cette philosophie qui prétend
fonder les institutions publiques sur un rationalisme
absolu. La crise de la vie nationale souleva son cœur
et l'induisit à la position traditionaliste sans
croyances surnaturelles qui devait demeurer jusqu'à
la fin celle de Barrès. Mais ceux qui l'écoutaient
le dépassaient.« C'est curieux, me dit-il un jour, je
faisais des catholiques avant de croire moi-même. »
Cet exemple ne pâtira pas, je pense, du voisinage
de celui, un peu bien pittoresque, mais si touchant,
de Jules Soury. Vieil athée qui ne désavouait pas
son athéisme, jadis auteur d'une étude pathologique
sur Jésus qui avait fait long feu, mais l'âme res-
saisie aussi par la musique des paroles d'éternité
dont les piliers de nos cathédrales se renvoient
le séculaire murmure, il entrait aux Vêpres de
Saint-Sulpice, chantait avec les fidèles, remplaçant
les versets du Magnificat par ces mots à lui :
Ignorabimus ! Ignorabimus !*

*Me citerai-je ? La légère éruption anti-chré-
tienne dont j'avais pâti deux ans auparavant
céda, pour une part, au besoin de serrer mon
cœur, tandis que s'annonçaient de tragiques jours
pour la France, au cœur des innombrables
Français défunts qui étaient nés et morts sous les
maternelles incantations de l'Eglise. Toutefois je
n'érigeai pas ce sentiment en doctrine et me*

gardai bien de cultiver l'équivoque dans les idées.

Souvenirs d'hier. Vieux souvenirs.

*
* *

L'étude sur M. Bergeret chez les Barbares n'est pas des plus indulgentes pour l'auteur de l'Orme du Mail. A mes lecteurs d'y distinguer la part d'injustice née des passions de la petite guerre civile qui l'inspira, et la part de durable vérité littéraire et psychologique au sujet du grand écrivain. La tendance de ce morceau pourrait faire croire que je me rangeais sans réserve dans le camp anti-dreyfusard. Il n'en était rien. Je n'ai jamais dans mes écrits de ce temps accolé la qualité de traître au nom de personne, pour la bonne raison que je ne savais point et ne pouvais savoir de moi-même qui était traître ou ne l'était pas. Ce qui est sûr, c'est que l'exploitation d'une erreur judiciaire présumée, au profit de passions et d'intrigues qui me parurent hideuses, me souleva d'une colère d'autant plus vive que je voyais s'y livrer des hommes d'âge, des maîtres en qui j'avais mis ma juvénile confiance. Je revenais d'Allemagne où j'avais passé deux années, et où le serpent du pangermanisme commençait à siffler redoutablement, plus encore dans les milieux universitaires que dans les milieux militaires. Les leçons de ce séjour ne me rendaient pas tendre pour ceux qui mettaient en question la patrie et l'armée. On me dira qu'on était en pleine bataille et qu'une résistance qui recourait à tous les moyens appelait un assaut qui en usât aussi... Je n'insisterai pas. Reportez-vous aux commentaires de Péguy sur la fureur sacrée avec laquelle il s'engagea dans le camp opposé au mien et à l'Apologie pour notre passé de Daniel Halévy, livre émouvant, le plus noble qui ait été écrit sur l'affaire Dreyfus du côté dreyfusard. Le malheur de la France fut alors qu'il ne s'y montrât pas une autorité capable de dire et d'imposer à tous tout le vrai. Mais jamais une autorité vacante, et que tout exige, ne reste longtemps sans organe. Ce que n'avaient pu faire suffisamment les pouvoirs français, l'empereur allemand le fit en restaurant par la provocation, puis par l'invasion, l'ardente unité d'une élite nationale qui avait laissé un moment s'accomplir le divorce fou de la justice et de la patrie.

PIERRE LASSERRE.

DANS UN VIEUX JARDIN DES PLANTES

1898.

I

J'écris ceci dans une ville du Nord de la France, peu digne de renom pour les monuments, et hier encore pour les industries, mais bien capable de captiver un poète par le silence et l'air d'autrefois qui règnent, presque inviolés, dans certains quartiers nobles et déserts.

Depuis que je suis ici, Balzac me hante. En mettant dans cette ville une des plus ardentes et des plus naïves aventures morales qu'il ait contées, il l'a imprégnée de plus de mystère. Je m'arracherai avec peine à ces lieux qui me font vivre deux fois loin de mon temps, par la pensée et par le rêve. De tous les événements dont le souvenir y flotte, l'existence chimérique de Balthazar Claës, le chercheur d'absolu, est le plus grand. L'émouvante beauté des vieux hôtels clos qui bordent ces rues et ces places mortes, c'est que peut-être d'autres Balthazar Claës y ont vécu et y ont péri de leur chimère.

Balzac a été le poète des vies scellées, qu'une passion dévore dans la solitude. Des êtres sans nombre dont il a peuplé notre imagination, les plus touchants sont ceux qu'il évoque dans la somnolence des petites villes de la province française éteintes par la centralisation révolutionnaire, dans l'ombre des demeures très anciennes. Ses préférées sont ces créatures nées grandes, qui, n'ayant pas trouvé dans le désert où le sort les plaça l'échange de leurs trésors, ont subi la dure loi de ne rien demander qu'à elles-mêmes, — ces âmes royales et délaissées que l'ennui raffine en les enfermant dans un monde de sensibilités à jamais ignoré du vulgaire et comme créé à leur usage. Les plus ardentes fleurs d'amour qu'il nous ait dévoilées s'épanouissent dans l'abandon.

C'est par là qu'aujourd'hui ce bienfaisant génie me parle et console ma pensée blessée à bien des choses. Il me fait comprendre la beauté du malheur, et que, si nous ne devons jamais nous enorgueillir d'être des exilés, seuls de notre sentiment et de notre langage, nous n'en devons pas toujours rougir. Car nous pouvons bien n'être coupables que de trop d'ardeur. Excès que les hommes redoutent beaucoup plus que trop d'égoïsme. Ils s'éloignent inquiets et presque haineux du voisinage d'une flamme trop chaude. Et cependant ils ne la discernent pas à cause de sa limpidité. Dans ce vieux Douai, en souvenir de Balthazar Claës, je ne songe qu'à ces destinées d'élite. Ce ne sont pas les faits historiques, ni les inventions retentissantes, ce sont les âmes condamnées à la solitude par trop d'authentique grandeur, qui donnent aux lieux leur plus noble consécration : cette languissante et mystérieuse immortalité, dont de rares promeneurs viennent jouir.

Pour respirer le pathétique de la condition humaine et la beauté des passions, j'aimerais donc entre toutes une petite cité ancienne, mais sans annales, sans gloire. Voyageur, je me suis souvent arrêté plusieurs jours dans de très obscures. Nulle part on ne se guérit plus complètement de la barbarie frivole de ce Paris qui nous aveugle sous un kalèidoscope d'apparences vaniteuses, qui nous obsède de clameurs, d'opinions et de paroles. — La campagne et la mer nous sont saines au sortir du vacarme des boulevards, mais surtout au sortir du vacarme des idées. Elles ne suffisent pas. La nature ne nous apprend pas l'homme. Elle nous rend l'idée de la loi éternelle et des dieux. Elle ne nous initie pas à la beauté de ce qui meurt, de ce qui fut une fois, et ne sera plus. Les lieux où beaucoup de générations ont végété dans le silence, les petites patries exilées sous un pâle soleil loin des époques de l'histoire, exhalent une bien plus touchante leçon. Je les chéris et les recherche, non par dilettantisme blasé, mais avec la nostalgie d'un cœur trop naïf pour les capitales.

Hier ma promenade m'a fait découvrir dans le quartier le plus somnolent de Douai un petit Jardin des Plantes. Enclos de tous les côtés par un grand mur rectangulaire, il s'ouvre par une belle grille sur une rue où l'on passe peu. Une maison spacieuse et basse, qui doit renfermer des collections et servir de logement au conservateur, le coupe en deux parties. Il ne se faisait aucun mouvement dans cette maison qui s'harmonise bien au silence et à l'innocente destination du lieu. Le paisible esprit d'un naturaliste contemporain de M. de Buffon y habite encore, et c'est un charme profond de ce Jardin des Plantes et de ces collections minéralogiques que rien peut-être n'y ait été ajouté depuis cent ans. Derrière la maison, c'est plutôt un parc d'agrément fort simple, au milieu duquel on a réservé de larges espaces pour les promeneurs.

J'ai pénétré jusque-là et j'y suis demeuré de longues heures. J'étais seul. Le balai du jardinier poursuivait paresseusement la valse mélancolique des feuilles chassées par la brise des après-midi d'automne. Pourquoi ai-je rêvé de ce lieu modeste et abandonné qu'il fut un asile cher à ceux et surtout à celles dont le souvenir me charme depuis des jours ? Sans doute ils errèrent ici.

Et la paix triste de ce parc, en les invitant à la contemplation de leur propre destin, leur fit comprendre qu'il était plus à sa place dans les allées solitaires que dans la société des hommes. Exilés et proscrits secrets de leur âge et peut-être de tous les âges ! Peut-être élus et dieux chéris d'âges meilleurs ! Ici des êtres se virent eux-mêmes et sondèrent jusqu'au fond les conséquences douloureuses de leur vérité trop exquise ou trop forte. Il y eut dans cette retraite des minutes d'intuition qui la rendent désormais choisie et consacrée aux âmes. Des âmes s'y sont connues trop passionnément pour n'en avoir pas fait leur secrète patrie.

Et je vous ai revus, ô fantômes assis sous les charmilles ! Je vous ai suivies, ombres molles de jeunes femmes. Rien ne vous chassera de ces avenues où, dans la lenteur des saisons anciennes, votre marche paresseuse et légère rythmait au bras d'une compagne les longues après-midi de l'ennui. Vous me dites la beauté de précoces déclins et d'automnes que nul été ne précéda, les fous désirs du cœur inentendu, du cœur trop tendre et trop hautain que fait battre et crier plus désespérément encore l'implacable lenteur des semaines pareilles. O jeunes femmes qui dansiez une fois l'an et ne revîtes plus celui que vous auriez aimé ! Vous revenez dans la fière décence de vos longues jupes et la grâce des écharpes claires ! Mais ce que j'aime et vénère le plus en vous, ce ne sont pas vos atours d'un autre siècle, ombres tristes et ravissantes d'amoureuses nécessairement mal aimées. Ce ne sont pas vos jabots de dentelle salis d'une pincée de tabac, ombres amères et fières de philosophes et d'idéalistes ; ce ne sont pas les choses amorties et fanées ; c'est une puissance à jamais jeune sous votre pâleur : le désir. O vaincus chez qui la déception, inexorablement répétée le long des jours, creusait la beauté du désir et créait une âme ! Que sont, auprès de vous, ceux qui réussirent et possédèrent, et, voulant peu, posèrent une main pesante sur ce qu'ils voulaient ? Qui les sait ? Où leur haleine flotte-t-elle encore ? De terre, ils sont dans la terre. Mais vous habiterez toujours les bosquets et les charmilles.

Même certaines figures du présent se donnent plus favorablement à comprendre, allégées dans une vision de passé.

Non ! je ne suis pas ce poète malade dont les sens ne peuvent plus souffrir que des nuances mourantes, s'animer de quelque émoi que pour des beautés dépéries. J'aime mes ombres comme des amantes actuelles pour leur commun destin. Ce qu'elles voulurent est de toujours, et de toujours aussi leur vain soupir après ce qu'elles voulurent. Cette légion charmante et sacrée ne prélèvera-t-elle pas les siens sur toutes les générations à venir ? Mes yeux ne s'ouvrent pas si bien sur tout ce qu'éclaire le soleil de la vie que sur elles.

Je les vois ici s'enlacer et passer en rondes mélancoliques. Rien ne distingue celles d'aujourd'hui de celles d'hier. Elles se penchent sur l'épaule de sœurs charmantes qu'elles ne connurent pas. Comme le vent en se jouant dans les arbres incline également les branches pareilles, ainsi ploient-elles toutes avec un abandon triste et gracieux sous une destinée faite des mêmes langueurs. Leur danse est si lente ! Leurs gestes sont naïfs et inachevés comme des gestes d'enfants. Mais dans leurs yeux purs n'a pas cessé de rayonner, railleuse des immolations et de la mort, la candide bonté du désir. Quelques-unes les détournent amicalement.

Cependant le crépuscule est venu. Les figures se font plus indistinctes. Je vois les gazes et les mousselines, parures vaporeuses de fantômes, se pénétrer peu à peu et se fondre, s'amonceler en légers brouillards. Des voiles mouvants et diaphanes se suspendent aux arbres ou traînent aux gazons, de sinueuses écharpes courent par les allées. Mais voici que de toutes parts, au sein de ces obscures blancheurs, ô merveille ! de petites flammes s'allument. Elles flambent chacune à sa place, élancées et égales comme des feux d'autel.

Elles illuminent la brume du jardin et la brume du songe. N'est-ce pas l'heure où l'on éclaire la ville ?

O douceur des fanaux dans le brouillard ! douceur des phares ! douceur de la lueur qui annonce les esprits veillant au fonds des bosquets nocturnes !

II (1)

Telles ces mortes dans un cœur chimérique, qui, à l'excès peut-être, se distrait de l'action pour suivre pieusement leurs vestiges.

Mais quand elles vivaient, elles ne furent pas des saintes. Elles étaient éprises de la terre et de son fruit le plus magnifique : le bonheur. Les Elysées du philosophe sont des Elysées païens. L'immense paradis chrétien, blanc, amorphe, immobile, mat et vide, est très naturellement l'aspiration et la récompense suprême de celles qui ont tant peiné pour fermer leurs yeux à la beauté des couleurs et leur cœur à la beauté des yeux, leurs oreilles à la séduction des sons et des paroles... Mais des âmes dont tout l'amour appartint aux réalités qui vibrent sous le soleil,

---

(1) Je demande aux personnes qui croient que les Préfaces sont faites pour être sautées, de se reporter aux explications de la mienne sur la note anti-chrétienne mêlée aux quelques pages qui suivent et sur ce qu'elle a de factice.

où concevoir leurs asiles d'immortalité et de repos, sinon dans des paysages épurés ?

Elles aimèrent la Terre et le Soleil. Nous les aimons aussi, mais moins bien qu'elles. Nous sortons du froid des métaphysiques, et ce passage nous donne la fièvre. L'horreur de ces souvenirs glacés nous communique une espèce de frénésie, et nous nous mettons à manier la vie sans respect, avec une brutalité triomphante, oublieux qu'elle consiste bien moins en réalités solides qu'en germes tendres et fragiles. Au fond, nous ne sommes pas tout à fait guéris de la manie dangereuse et barbare que des régents fameux nous inoculèrent. Nous voulons étreindre un univers dans une rose. Et c'est pourquoi nous écrasons la rose sous notre poitrine, au lieu de la cueillir. Nous nous précipitons les bras ouverts sur l'objet de notre désir, mais nous le voyons très confusément. Nous croyons que c'est lui qui nous appelle ; mais c'est plutôt le mouvement emphatique et déréglé de notre esprit qui nous agite. Notre débordement froisse sur son passage bien des tiges frêles, violente les gracieuses et indécises attitudes de l'être en espérance. Il faut que nous ayons commis de terribles maladresses, manqué bien des plaisirs pour nous éveiller de ce grossier rêve. Alors nous nous dépouillons de nos idées, et, avec elles, de notre impatience. Nous nous élevons peu à peu à la plus délicate des religions :

la reconnaissance. Nous sommes reconnaissants à ce qui est d'être et ne voyons guère au delà... Les femmes justement ne voient guère au delà,... celles du moins qui ont quelque charme.

C'étaient de délicieuses femmes de chair... si fluides cependant, si insaisissables ! C'étaient d'adorables esclaves, ces princesses de la vie ! Leurs yeux, pareils à des yeux gentiment mendieurs d'enfants, semblaient perdus en un appel de douceur et de caresses. Ils conjuraient ce qui est laid, sévère et méchant, de ne pas survenir. On eût dit que leurs bras ne fussent bons qu'à s'enlacer pour les mollesses inattentives de la danse. Et cependant il fallait les voir dans la détresse et dans les conditions dures... Pas romaines, pas chrétiennes non plus ! mais aussi espiègles et expéditives aux viles besognes qu'elles eussent été languissantes dans le plaisir, et puis, la corvée faite, parmi les taudis glacés de l'émigration, éprises encore, encore amoureuses de l'élégance et de la vie ! Grandes dames vraiment, à qui la misère, n'entamant pas leur grâce, ne faisait pas adopter de principes.

Il fallait les voir trahies !... Mozart, qui a été leur poète, a prêté à leurs douleurs des accents éternels dans les plaintes de la comtesse Almaviva. Quinze ans se sont écoulés depuis la délicieuse aventure qui sauva la jeune Rosine des velléités séniles de son tuteur et la fiança au comte. Quinze ans, pendant lesquels la couleur de la vie, au début tout étincelante des feux d'une imagination amoureuse, s'est bien assombrie pour la charmante femme. A l'amant léger et passionné des premiers jours a succédé un mari trop grand seigneur pour n'être pas aimable, mais négligent, parce que, habitué à la possession du joyau, il n'en perçoit plus l'éclat. Puis sont venues les infidélités vulgaires, les trahisons insouciantes du sultan séducteur encore, mais alourdi. Elle les a soupçonnées et s'est tue. Mais voici qu'un coup plus sensible et plus perfide déchire le voile qu'il ne lui avait pas convenu de soulever. Cette fois, elle jette un franc regard sur la longue désillusion du passé et exhale sa souffrance dans un des chants les plus beaux, les plus tristes et les plus frais à la fois, qui soient jamais sortis de lèvres humaines :

Fleurs charmantes, trop tôt fanées !...

Ce n'est pas le cri de la passion blessée. La comtesse est trop fière, trop incapable d'un mouvement disgracieux pour retenir avec des mains avides, ce qu'on lui retire, pour ne pas le laisser mélancoliquement fuir. Elle aime moins, elle n'aime plus son mari. Mais elle aime l'ancien amour. Et c'est sur lui qu'elle verse des larmes. Elle ne maudit pas la destinée. Elle ne s'en prend ni à lui, ni à soi. Elle se sait belle encore, plus riche, plus savoureuse dans sa souple maturité. Mais elle sait aussi l'aveuglement qui empêche la plupart des hommes de chérir dans la même deux âges de la beauté féminine. Elle dit les inévitables fragilités du bonheur... Non fragile, le bonheur serait-il aussi divin ? Et sa tristesse ne parle pas seulement des grandes fleurs fanées, mais aussi de celles que le présent voudrait porter encore, et qui ne doivent pas être cueillies. Certes, il fut trop doux de nouer des rubans au cou de Chérubin. Mais cette vertu de femme : la fidélité, aurait-elle du charme dans un cœur qui en secret ne la dément pas ? Ainsi songe la comtesse alanguie dans son fauteuil. Sa plainte n'a pas le pathétique violent et court d'une douleur individuelle. C'est plutôt le pathétique d'une saison, fille du soleil comme toutes les saisons, et qui, dans ses deuils, comme dans ses espérances, donne à une âme juste son père à vénérer. Et, avec cette science trop mûrie de la destinée et ce deuil des passions, c'est cependant la jeune, la naïve Rosine. Cette mélodie aux courbes magnifiques est encore un chant d'oiseau.

Elles savaient souffrir. La souffrance les rendait plus humaines et plus belles, en les laissant aussi légères. Elles devenaient plus séduisantes au sein du malheur, parce qu'elles y apparaissaient charmées par un soleil nouveau, automnal et languissant. Elle ne se retranchaient pas de la vie, elles se reculaient seulement un peu, pour une perspective plus voilée. Elles ne se repliaient pas sombres et farouches sur une blessure inguérissable peut-être, — mais fut-il pour elles de blessures guérissables ? De leur cercle de désolation, leurs regards continuaient de se relever sur la douce clarté des plaines et parlaient de bonheur, mais de bonheur fugitif et menacé. La joie de vivre et d'aimer ne débordait plus de leurs yeux ; elle ne les fascinait plus comme un globe éblouissant et tout proche ; c'était plutôt la vision captivante d'un de ces paysages très lointains où le beau temps semble baigner dans la tempête. Il leur plaisait d'entendre l'adolescence se célébrer imprudemment elle-même. Mais elles appartenaient désormais à une perception plus profonde : la tragique douceur des journées très orageuses et très lentes. Ainsi elles avaient acquis tout à la fois un sens plus vaste et plus de bonté. Elles suivaient les existences qui leur étaient chères d'un regard où se lisaient à la fois une indulgence infinie, un tendre vœu, une attente angoissée et une divine nonchalance. Et si elles voulaient bien se laisser entraîner elles-mêmes à quelque nouvel essai pour être heureuses, c'était aussi dans ces dispositions. L'heure de leur maturité déçue était la plus belle heure pour les aimer. Douces désespérées qui avaient gardé pour plus secret ami l'espoir.

Vestales déchirées d'un affreux mal intérieur, depuis que la roue d'un char divin avait passé sur elles, mais toujours adroites et gracieuses dans l'entretien du feu sacré. Les vapeurs du sang jailli du cœur ne s'élevaient pas jusqu'à leur pensée, obstinément claire et fidèle à la déesse.

Avec quelle simplicité elles se dérobent au christianisme ! Le christianisme a fait de la souffrance un mystère, le ténébreux couloir qui conduit de la menteuse lumière de ce monde à la lumière vraie du monde surnaturel. Aussi a-t-il assombri les yeux des souffrants. Les yeux ne peuvent être beaux que par ce qu'ils reflètent. Et la douleur ferme à jamais ceux du chrétien aux rayons du soleil terrestre par le sombre souci d'un autre royaume, d'autres rayons pour lesquels ils doivent se garder purs. Mais est-il possible pour les vivants d'échapper au jour ? Où ne tombe-t-il pas ? Le ciel l'épand violent et splendide sur la terre, et les horizons de la terre se le renvoient plus doux, mais enrichi de mille nuances, plus enivrant encore pour l'homme. Comment le fuir ! Pourchassés cruellement par les flèches d'Apollon, les yeux des ennemis d'Apollon s'emplissent de sombre colère.

J'aime invoquer l'incorruptibilité naturelle de simples femmes, leur touchante fidélité au soleil. Voilà qui parle plus clair et de plus haut que nos révoltes. Devant la merveilleuse tenue de ces blessées, leur soin héroïque d'elles-mêmes, la frénésie de se meurtrir, parce qu'on est meurtri, apparaît comme une inconvenance. La seule leçon qu'elles daignassent tirer du malheur, c'était un culte plus sage, plus profond, plus détaché, du bonheur. Au fond, n'est-ce pas une suprême rouerie d'incurable, que de se mettre à aimer la maladie, à l'exalter, à la nommer divine ? Devant la persistante flexibilité de ces aimables femmes, la roideur stoïcienne ne fait pas très bonne figure. Elles avaient pour les protéger contre la séduction si dangereuse de la religion des plaies quelque chose d'autrement efficace que les raisons du philosophe : leur propre religion, l'amour de la vie et ce respect, cette délicatesse, ces divinations que le véritable amour ne peut manquer d'apprendre en devenant plus lucide, plus conscient de la fragilité de son objet. On se fait belles pour ce qu'on aime. C'est pourquoi elles concevaient comme leur premier devoir de rester charmantes, de rayonner sur la vie.

Grandes dames, certes ! mais non pas femmes d'une caste. Toutes les cordes humaines étaient en elles, prêtes à rendre un son franc et un son juste. Le champ de leur sensibilité n'était à aucun degré déterminé par leur condition extérieure ni par leur particulière expérience sociale. Riches, elles n'avaient pas les sentiments de la richesse ; leur esprit ne se laissait pas épaissir par les vapeurs de l'or et des hommages. Dans le luxe, elles gardaient des sauvageries vigoureuses de mendiantes. Indigentes, elles ne se laissaient pas aigrir, ni rétrécir l'imagination par la pauvreté et suivaient d'un joli regard les heureuses. Elles possédaient ces ressources de grâce par lesquelles on se retrouve et on se tient bien, sans abattement ni raideur, dans les changements de fortune. Les raffinements dont elles furent pétries n'avaient nullement quintessencié leur compréhension. Si élancées par le goût et par l'enthousiasme, capables de suivre très haut le vol d'une pensée poétique, elles se sentaient toutes proches de leurs origines naturelles.

Du même regard qui se posait avec tant d'abandon sur le front de l'ami, elles suivaient au loin d'autres choses : le déclin du jour sur les coteaux, les dangers du bonheur, la chimère des serments. Les éclairs de la beauté les laissaient d'autant plus émues qu'ils sont fugitifs et resplendissent brièvement dans un crépuscule.

Leur esprit gardait jusqu'à la vieillesse une fraîcheur enfantine, restait naïf et vibrant comme un cri d'oiseau. Aussi devaient-elles ressentir tout ce qui est vif, tout ce qui est authentique et jailli du rocher. Elles n'étaient fermées qu'au tiède et au pesant. Non qu'elles s'en rendissent bien compte... mais elles avaient une façon, terrible dans son innocence, de n'accueillir pas toute idée, toute imagination qui, n'ayant pas été lancée du centre de l'homme lui-même, ne saurait parvenir à son but avec la chaleur nécessaire. Ecouteuses si désirables pour le philosophe qui savait leur débilité, et de quels décevants zigzags leur charmante pensée était capable. Bêtes de race dont la sensibilité suffisait pour perfectionner la main du guide, et qui transformaient la violence en force, en la contraignant à la mesure.

Je préfère ces dames d'autrefois à cette caricature : la « femme moderne », et justement parce que ces fragiles étaient des fortes, au lieu que cette forte est une désemparée. Les choses qu'elle a apprises lui pèsent ! Car elle les a nécessairement apprises mal, sans cette aisance, cette seigneuriale incurie d'un esprit soucieux surtout de ne pas se perdre lui-même dans le pêle-mêle de ses connaissances, mais, au contraire, avec toute la soumission, l'abaissement, l'humilité naturelle de la femme. Tout ce qu'on lui a mis dans la tête de critique, d'histoire, de comparaisons, de points de vue, de moyens d'apprécier, ne sert qu'à la compliquer de difficultés abstraites, de « questions » qui, d'ailleurs, pour un sens fin et un jugement frais, n'existeraient même pas. Sous ses allures maîtresses, le jugement de la femme moderne est donc au fond frappé de timidité ou même de stupeur. On lui a quasi ôté l'usage de son instinct. De sorte qu'elle subit

l'ascendant du premier laquais intellectuel venu.
La culture d'école rend plus esclave l'éternelle
esclave... Personne n'a pensé, n'est-ce pas ? que
Mme de Staël eût place dans cet Elysée. Elle ne
fut certes pas grande dame. Ce devait être un
jeu d'enfant de se moquer d'elle. Nous l'estimons
beaucoup plus pour ses amours que pour ses
livres, malgré ce qui s'attache de déplaisant
au souvenir de Mme de Staël amoureuse (1).

Ce n'étaient pas des Vénus pesantes, au front
court, aux bras épais aveuglément repliés sur ce
qu'ils tiennent, mais des Vénus presque ailées,
portées sans cesse hors d'elles-mêmes par un
mouvement de confiance juvénile et soumise.
Leurs mains allongées dans une pose d'appel
doucement éperdu ne pouvaient se resserrer trop
solidement sur rien. Elles devaient abandonner
tout ce qu'une douce pression n'eût pas suffi
retenir. Et cela eût-il vraiment été digne d'elles ?
Mais ces réservées étaient au fond les plus ardentes
demandeuses de vie. Si leur esprit répugnait
invinciblement à se charger d'abstractions et de
morale, tout comme leur chair à s'épaissir en
lourdes ivresses, n'est-ce pas qu'elles devaient
avant tout rester légères, lyres suspendues,

---

(1) Ce passage sur Mme de Staël m'apparaît aujourd'hui très
inconvenant, bien que cette femme illustre ne réponde pas plus
qu'autrefois à mon idéal poétique, s'il est encore permis à mon âge
d'avoir un idéal poétique

vibrantes au moindre souffle du désir universel?

Rien ne bornait le vol frissonnant, mais sans peur, de leur pensée. Naïve, à qui sa liberté ne semblait jamais hardiesse. Innocente, qui voyait s'ouvrir devant soi tout le champ du vrai moral, qui le parcourait, intelligente et amicale, sans jamais se sentir sur un terrain interdit, et ne savait juger des souffrances et des joies humaines que selon le pathétique et la beauté. Elles étaient trop bonnes pour ne s'offenser pas de ce qu'il y a de destructeur et d'aveugle dans ces maximes systématiques qui, décrétant absolument l'excellence de quelque chose, l'inviolabilité de quelque chose, vont troubler le désir individuel dans sa source vierge, jeter un poids de tristesse sur sa fraîche germination et lui faire, à peine né, un visage inquiet de vieillard. Mais elles étaient trop fines aussi pour ne pas se défendre avec un certain dégoût de ces autres maximes, négatives et anarchiques, dans lesquelles des gens rudimentaires saccagent les cultures infiniment délicates et précieuses de la civilisation et de la sociabilité. Elles réfutent en même temps le formalisme bourgeois et l'anarchisme littéraire, ces deux bornes qui se rejettent les consciences appesanties des contemporains. Elles eussent vu dans l'un et dans l'autre l'expression satisfaite d'âmes sans variété. Bref, ces grandes dames méritent que nous nous inspirions d'elles, en ce qu'elles étaient tout à fait exemptes de la tare propre aux parvenus de l'intelligence : ne juger de rien, ne rien comprendre que par des généralités, des catégories. Elles ne connaissaient dans la vie que des histoires de passion, mais n'eussent rien entendu aux « droits de la passion », ce jargon de domestiques ivres.

Elles représentent une pondération exquise de la vérité humaine et de la vérité sociale. Et je ne crains pas le ridicule à les nommer des Beatrix, des inspiratrices de beauté, puisqu'elles sont la Mesure. Il me semble que ce ne pouvaient être que des femmes françaises. Pareille peut-être à leurs vertus, déjà noyées par l'océan démocratique, ne sera-ce pas la destinée de la France de disparaître dans la démocratisation de l'humanité ?

LE CATHOLICISME DE PAUL BOURGET

Octobre 1900.

L'automne nous a fait quitter les lieux d'enfance où notre âge mûr retrouvait — au sortir de quels stériles tourments de l'esprit, de quelles fièvres de la volonté ! — la seule morale pure. La saison triste où il nous serait si doux de jouir, en des paysages compris profondément, de la magnificence des déclins nous voit reprendre les trains vers les lieux d'exil où est le travail, où est la vie. Ces premières journées de ville et de corvée nous menacent de langueurs, de défaillances mortelles auxquelles il faut parer. Problème bien délicat que de rentrer en possession de notre énergie en cette fin de vacances, au retour du beau pays natal, où l'époque, barbare centralisatrice, folle prescriveuse d'ambitions, ne nous permet guère d'aller que pour rêver ! Problème difficile surtout pour les voluptueux qui manquent de bonhomie morale et qui peuvent bien avoir le pas allègre, mais commandé par une certaine vivacité intérieure plutôt que par l'entrain social. Heureusement les enfants seuls, qui ne connaissent guère que les gâteaux ou le fouet, ou bien des hommes restés enfants croient que plaisir et peine forment une dualité tranchée. Celui qui ne s'est pas dérobé aux lois de la vie découvre bien vite la niaiserie d'un tel classement, et s'élève à concevoir ce « je ne sais quoi d'amer » que le poète nous dit devoir se lever du sein de tout plaisir, de même qu'il apprend pour son réconfort tout ce que la tristesse (gardons-nous d'étendre ce beau nom aux coups insensés de la misère, de la maladie, de la mort) contient de vigueur secrète et nous ouvre de pensée. Ne nous laissons donc pas accabler par cette morose rentrée. Et sachons apprécier l'avantage de nous trouver triste dans les jours secs de l'automne, si favorables à la marche et à toute activité.

Ne dois-je faire hommage de ce peu de sagesse qu'à moi-même ? Je ne m'en flatte pas. Ce serait bien plutôt à M. Paul Bourget. Dans l'express de Bordeaux-Paris qui m'emportait hier loin de la seule terre chérie, j'ai lu de lui de nobles et toutes récentes pages : la préface qu'il vient d'écrire pour la grande et définitive réédition de ses trois premiers romans : *Cruelle Enigme, Crime d'Amour, André Cornélis.* Admirable par je ne

sais quelle gravité nue, quelle haute simplicité
du raisonnement moral, cet écrit est destiné à
prévenir l'étonnement ou le scandale que pourrait causer à quelques-uns le catholicisme du
Bourget d'aujourd'hui, à montrer que l'auteur
troublant, délicieux, et presque morbide, de
Cruelle Enigme, devenu le moraliste chrétien de
Terre promise et de *Drames de famille*, ne s'est
pas déjugé, mais achevé logiquement. Le pur
positiviste qu'il était il y a quinze ou vingt ans,
précisément par son manque de tout parti pris
religieux ou métaphysique, préparait, assure-
t-il, le chrétien de plus tard. Observateur grave
et passionné, mais tout empirique, de cœurs
d'hommes et de femmes de son temps, confesseur
de mondaines adultères, de séducteurs, de litté-
rateurs névrosés, de filles célèbres, de gens d'ar-
gent et de cercle, de toute la canaille dorée de
l'Europe, plus apprécié, on ne sait pourquoi,
de cette clientèle qu'il ne l'eût voulu, mais ne
dédaignant certes pas celle des petits ménages
de braves gens, de saintes mères, de vieilles ser-
vantes, de bons prêtres, de pures jeunes filles,
confesseur, qui, bien que tragiquement ému,
ne pense qu'à se faire des certitudes, Paul Bourget
jeune n'était athée ou sceptique que « par pro-
vision ». Il attendait, non pas le coup de foudre
de l'amour divin, un feu dévorant aux entrailles,
la perte des sens sur un chemin de Damas, mais
ce que le physicien attend, frémissant ou tran-

quille, selon sa complexion, impartial en tout cas,
d'une laborieuse répétition d'expériences : la
découverte de certaines lois naturelles. Il est
évident que la comparaison de beaucoup de destinées humaines, visiblement conduites à l'avi-
lissement et à la ruine par les mêmes chemins
de jouissance, incontestables propagatrices des
mêmes ruines et des mêmes déchéances autour
de soi, doit permettre à l'intelligence d'affirmer
ici, avec l'existence d'une erreur morale, quelque
loi de conservation en méconnaissance de quoi
cette erreur a été commise. « C'est donc faire
œuvre d'apologiste (du christianisme) — se
crût-on par ailleurs et fût-on athée et jacobin —
que d'écrire des livres d'observation quotidienne
et réaliste comme *Madame Bovary* ou *Pierre
et Jean*, qui pourraient porter en épitaphe le :
non mœchaberis de *L'Exode* ou du *Deutéronome*,
dans toute sa vigueur, ou, comme *Le Rouge et
le Noir*, le : *Non concupisces domum proximi tui
nec omnia quæ illius sunt*, ou, comme *Adolphe*,
la parole de l'Apôtre : *Alter alterius onera por-
tate.* » (*Journal des Débats* du 3 octobre 1900.)
Il suffit que la peinture des passions soit forte,
osée, soucieuse uniquement du *vrai total*, pour
faire malgré soi l'apologie d'une religion qui
a montré, à la façon dont elle les gourmande
et les gouverne, qu'elle les suit jusque dans leurs
dernières profondeurs et leurs replis. Selon Paul
Bourget, tout le mal, toutes les faiblesses humaines

parlent en faveur, non pas d'un évangélisme vague, mais du Décalogue et de l'Eglise.

Voilà certes une voie purement raisonnable et tout unie de retour ou plutôt d'arrivée au catholicisme. Ceux qui, sans la contester, la désignant au contraire à beaucoup d'errants comme la plus sûre, ont le loisir et le goût de se frayer des chemins vers de moins utiles objets, ceux qui, touchés de curiosités, non moins ardentes mais moins sévères, d'artistes, de songeurs, sont en quête d'autres sommets et d'une autre lumière, ceux-là jouissent du moins ici de ce fort spectacle : l'irréprochable continuité, la sûre tension jusqu'au couronnement d'une des trois ou quatre vies intellectuelles les plus élevées de l'époque.

Je n'ai pas la sensibilité des anniversaires. Quoi de plus glacial que le retour d'un certain chiffre au calendrier ?

Mais il y a d'émouvantes analogies de saison, et de circonstances, qui réveillent au fond de l'âme le frisson d'anciennes journées. Je songe à cet après-midi d'octobre d'il y a presque quinze ans, où je lisais, collégien qui n'est déjà plus imberbe, *Cruelle Enigme*, encore dans le mystère de sa nouveauté. Le même train m'enlevait à mon pays pour me ramener au lycée où tout m'était morne et fade, sauf le cours de philosophie, où je pouvais brûler en idées un excès étouffant d'ambition et de rêverie. Jeu

puéril, et dont la prolongation au delà de l'adolescence rend inoffensif ! Je n'oublierai jamais
le charme capiteux qui se levait du langage parlé
pour la première fois dans ce roman.

Charme périssable sans doute, vapeur grisante
et saturée, presque tombée depuis, pour me laisser
discerner mieux le travail magistralement poussé
de cette monographie de l'amour. Mais le maître,
tout préoccupé maintenant de la solidité expérimentale et de la valeur apologétique de son
œuvre, me pardonnera, je l'espère, de ne pas
immoler ce souvenir sensuel.

Jusque-là je n'avais guère été passionné que
par des livres de philosophie, les seuls dont je
reçusse une espèce de frémissement total, mais
encore à la condition de me les transmuter par
l'imagination et de prêter chair aux fantômes
de la métaphysique. Voici qu'un poète nouveau,
analyste méthodique et pathétique, habile et
rigoureux à faire sentir dans la plus orageuse,
la plus cruellement voluptueuse histoire d'amour
moderne le mécanisme de l'universelle fatalité,
ajoutant à l'intensité de la tragédie celle de la
déduction, venait nous prendre par toutes nos
sensibilités, nous touchait à la fois de l'émotion
charnelle et de l'émotion intellectuelle. Mélange
trop fort pour un très jeune homme ! Y en eut-il
alors beaucoup d'autres aussi ouverts au délicieux poison ? Probablement trop embarrassé
de nous-même, nous ne nous en enquérions

guère. D'ailleurs faut-il éventer les aromes, et dit-on jamais ses vrais, ses plus subtils bonheurs ? Cette première lecture de *Cruelle Enigme* est déjà entourée d'automne et de solitude, comme tant d'autres journées hautes et secrètes où, le cœur passionné, mais l'œil bien trop froid pour des larmes, on sent à la fois, son ardeur et le néant.

Si peu d'années après, le ton simple, le raisonnement austère et nu du catholique Paul Bourget ne nous dépaysent pourtant pas tant qu'on le croirait.

Depuis ce moment où lui-même estimerait sans doute qu'il nous captiva à l'excès, si nous avons, hélas ! perdu beaucoup de temps, nous ne sommes pas resté inactif.

Nous nous sommes engagé en maintes de ces routes qui sollicitent la jeunesse et dont les poteaux indicateurs portent : Vérité, Justice, Bonheur, tant de lieues. Il est vrai que nous n'y faisions jamais que peu d'étapes. Si nous nous lançâmes parfois comme un imprudent, sans doute il n'était pas en nous d'avancer comme un halluciné, et nous ne tardions pas à nous replier, mis mal à l'aise par la morne nudité du paysage, surtout par l'air de ceux qui tiennent buvette de ces côtés, ranimant les voyageurs d'un verre de gros vin démocratique. A ce jeu, à trop inspecter, malgré soi, les lieux et les personnes, on risque de laisser chez quelques-uns le souvenir d'un pèlerin équivoque. Ne le fut-on pas en effet ? Et, qui sait ? nous serions retombé peut-être par distraction dans ces tentations stériles si, il y a trois ans, un tumulte affreux de convulsionnaires ne s'était élevé sur tous les chemins de la « Vérité » et de la « Justice », achevant de nous les rendre intenables et nous ramenant nécessairement vers les vieilles routes royales des traditions françaises, vers ces routes de nos pères et de notre enfance, assez agréables, assez magnifiques, assez spacieuses pour n'avoir besoin de mener à aucun paradis définitif, à aucun terme millénaire, et pour que d'y avoir marché à son tour, le long d'une vie d'homme, après tant de générations, suffise. Nous envions à Paul Bourget de ne s'être pas égaré de sa direction naturelle et raisonnable et d'en avoir poursuivi progressivement le but. Il a langui parfois — et ce n'est pas nous qui aurons la barbarie de lui en faire reproche. Il n'a pas dévié. Peut-être en est-il redevable à ce bon maître, Taine. Visiblement, Paul Bourget se flatte moins aujourd'hui d'avoir à son heure enchanté des adolescents et des jeunes femmes que d'avoir toujours observé une méthode qui ne le pût conduire qu'à des certitudes politiques fondées sur la nature humaine, l'histoire, la réalité.

Je voudrais prévenir l'erreur de quelques délicats et de quelques athées chatouilleux, parmi nos amis les plus proches, qui s'offusque-

ront peut-être de voir l'auteur d'*Edel* et de *L'Irré-
parable* finir sur cette argumentation rude et
commune de sermonnaire : « Vrai divinement, le
christianisme est vrai expérimentalement. Toutes
les bornes que l'homme doit imposer à la satisfaction de ses appétits, les conditions dans
lesquelles il lui est licite et hors desquelles il lui
est défendu de la chercher, sous peine de s'ache-
miner, par la double destruction de l'ordre domestique et de l'ordre social, vers la dégradation
animale, ces bornes et ces conditions ne sont-
elles pas précisément celles que détermine, en
termes adéquats, ne laissant aucun échappatoire,
le Décalogue ? Mais surtout, à supposer même
que l'homme pût, par sa réflexion seule, s'élever
à l'intelligence des sévères nécessités auxquelles
répond la morale du Décalogue, il resterait à ce
code une marque unique et inimitable d'excellence : il ose appuyer des lois, dérisoires si elles
ne sont pas absolues, sur la seule autorité que
nous puissions — en dépit de cent fadaises philosophiques sur les commandements de la conscience et autres impératifs internes — concevoir
comme absolue : celle d'un Maître absolu. »
Assurément, j'interprète un peu M. Bourget.
Mais je ne crois pas l'interpréter mal. En m'adres-
sant ici à ces délicats dont je redoute les suscep-
tibilités, je leur dis : « Ne faisons pas les dégoûtés.
L'agrément manque ici. Mais votre bon sens
n'éprouve-t-il pas fortement le poids de tant de

solidité positive ? Le bon sens peut se passer de délicatesse, mais non pas la délicatesse de bon sens. »

Au XVIIe siècle, l'adjectif « catholique » était appliqué à l'institution, à la hiérarchie, au culte, mais s'employait moins pour désigner la foi des personnes. On disait : chrétien, et je ne sais pourquoi, sous la plume d'un Lamoignon, d'un d'Aguessau, le mot me fait sentir tout ce que ces grands personnages savaient accorder de raison ferme et indépendante avec l'acceptation d'une discipline intégrale des choses humaines. Chrétiens de jugement, sans doute, plus que de sentiment, incapables d'admettre qu'il y eût lieu à des attendrissements de fraternité évangélique avec les gens d'une secte révoltée. Mais le XIXe siècle, en même temps qu'il se soustrayait à l'autorité sociale et détruisait l'ordre politique de l'Eglise, était inondé d'un flot immense de christianisme émotif si bien mêlé au flot démocratique que les intelligences emportées à la dérive par l'un l'étaient inévitablement par l'autre. L'épithète de chrétien a perdu ainsi son majestueux relief d'autrefois, pour ne désigner plus que cet état quasi universel de superstition sentimentale qui, depuis cent ans, oblige tout révolutionnaire, tout prophète, tout annonciateur de justice et régénérateur de l'humanité, tout revendicateur d'une chose ou d'une autre, à se réclamer de l'Evangile.

Quand Paul Bourget se dit « chrétien », c'est au sens solide et fortement déterminé du XVIIe siècle. Le caractère même de son apologétique crie bien haut qu'il n'est pas mystique. Et voilà ce qui nous réjouit, nous, positivstes (1). Son argumentation est positive. Il est permis de la contester, d'estimer qu'elle conclut non pas à faux, mais trop universellement ; que dans certaines conditions choisies l'homme peut arriver à un

(1) Voilà des mots qui m'apparaissent aujourd'hui d'une grosse impropriété. Le regretté Quinton, qui aimait les termes très accentués, avait coutume de dire que, quand il nommait un objet *noir*, on devait seulement entendre qu'il n'était pas *blanc*. *Positivisme* ne signifie ici que la réprobation d'un sentimentalisme tout personnel, au nom duquel un homme prétendrait recommander la religion ou quelque attitude morale que ce fût, à des hommes d'une complexion très différente de la sienne, et qui pourraient ne point le lui céder pour l'élévation ou la délicatesse de l'âme. Au sens positif du mot je ne fus jamais positiviste. Il est impossible de l'être, dès qu'on a reçu une culture philosophique un peu poussée, un peu sérieuse. On sait alors que même la science expérimentale la plus rigoureuse dans ses méthodes est, bon gré, mal gré, métaphysicienne et « ontologiste » dans ses modes d'explications, comme l'éminent philosophe Emile Meyerson vient d'en renouveler puissamment la preuve. Pour ce qui est de cette espèce de condamnation de tout mysticisme, même méprise v.rbale. Un homme qui a mené une existence tant soit peu orientée sur des fins nobles, n'a qu'à se regarder vivre, vouloir, aimer, pour prendre conscience de son mysticisme inné. Il a eu sa *foi*, son moteur transrationnel. Il a tout fondé sur des jugements initiaux de qualité, de valeur, que la raison ne peut démontrer et qu'il a fait passer avant tout. L'absence de tout mysticisme, si elle est possible, produit une médiocrité morale, une platitude qui peut d'ailleurs aller avec un grand développement d'intelligence mécanique, comme chez l'ingénieur Martin du *Jardin de Bérénice* de Barrès. A la vérité, ces sortes de gens, fussent-ils réputés, à bon droit, « très intelligents », ne dépassent pas l'antichambre de l'intelligence. Jouant aisément avec toutes les conceptions, ils ne comprennent pourtant rien, ni surtout personne.

gouvernement ferme et aisé de soi-même, en dehors de la discipline chrétienne. Mais elle est saine ; elle est tirée de faits, de faits humains ordinaires, compris par un observateur hardi et probe, non pas d'états de sensibilité individuels et suspects, de douteuses expériences « spirituelles » sur soi-même. Je supplie M. Bourget de ne pas voir en ce que je vais écrire l'aveu d'une curiosité que je n'ai pas et qui serait si médiocre ! mais une supposition pour marquer son contraste avec certains apôtres. Il est fort possible que le christianisme ait gagné en Paul Bourget jusqu'au cœur, qu'il s'agenouille au pied de la croix, qu'il trouve son réconfort dans le sacrement et la prière. Ce que j'admire dans son mode d'apologétique, c'est qu'il ne suggère pas plus une telle pensée qu'il ne l'exclut. Le certain, c'est que, pieux, touché, plus heureux, Paul Bourget n'en ferait pas argument. Il continuerait de s'adresser à la commune raison, et de proposer en tableaux forts des réalités qui, selon lui, exigent l'Evangile et l'institution de l'Eglise. On ne le verrait pas, — comme tels autres, — décerner une valeur métaphysique à certaines pulsations de sa « vie intérieure ». Rapprochement injuste au surplus ; car, même poussée à l'extrême fadeur, la sentimentalité catholique ne se donne jamais pour le nécessaire et l'élémentaire de la religion, mais pour un surcroît de jouissance et d'amour qui peut s'ajouter en quelques âmes au bien commun de la foi et de la pratique.

Ce que nous célébrons ici, c'est donc moins le catholicisme de Paul Bourget que le réalisme de sa méthode. Des adhésions d'un accent moins froid lui viendront de personnes heureuses qu'il fasse son salut. Est-il besoin de dire que nous ne parlons pas pour la Chine ou la Suisse, mais pour la France ? Certes, nous craignons que des catholiques pieux, engagés de toute leur âme dans la lutte confessionnelle, ne se scandalisent de cet assentiment qui a l'air un peu détaché. Il serait mal avisé de notre part de blesser ceux à la cause de qui nous voulons apporter une défense extérieure. Mais on ne raille pas, j'imagine, une croyance parce que, laissant dans leur ombre antique et froide les titres divins dont elle se réclame, on la compare avec ses concurrentes, en observateur humain. C'est sur ce terrain que nous convie Paul Bourget.

M. BERGERET CHEZ LES BARBARES

Février 1901.

Plusieurs écrivains, amis de M. Anatole France, M. Gustave Kahn entre tous, se sont appliqués à l'édifiant labeur de nous faire découvrir en lui un « faux sceptique », un « grand cœur », une « conscience haute », un « brave homme au fond ». Or il en est un moyen captieux, dont certains se sont avisés. Je voudrais le déjouer. Il consiste à feindre que M. France s'est peint lui-même sous les traits de M. Bergeret, et à porter à son compte la philosophie du célèbre maître de conférences. Cette opinion ne soutient pas l'examen. La postérité, meilleur juge que nous de ces petites questions de psychologie littéraire, ne l'adoptera pas. Maintenant je ne fais aucune difficulté de convenir que M. Bergeret, malgré tout son esprit, sa simplicité raffinée de langage, son goût, ses bonnes mœurs et son agréable commerce, portait en lui un germe de dreyfusianisme (1). M. Anatole France peut tout : il a conçu et fait vivre un dreyfusien exquis et de bonne compagnie. M. l'abbé Lantaigne était le seul prêtre, sans doute, avec qui M. Bergeret put avoir plaisir à causer. M. Bergeret est le seul dreyfusien parfaitement intelligent, le seul avec qui il vaille la peine de discuter sur les principes. Car chez lui ils sont conscients jusqu'à l'ingénuité, ils opèrent à nu et il n'a pas besoin de les envelopper dans la fumée des grands mots, étant incapable d'en concevoir ni honte, ni peur. Voyons donc un peu, puisqu'en M. Bergeret autant qu'en tout autre, la croyance innocentiste flattait une disposition de la personne, voyons aux idées générales de M. Bergeret.

M. Bergeret passe aux yeux de la plupart des lettrés qui le pratiquèrent pour le type accompli d'une intelligence libre. Effectivement, il ne fut jamais plus admirable destructeur d'opinions. Qu'il s'agisse de croyances théologiques, de « vérités » historiques ou littéraires, d'insti-

---

(1) Je rappelle, à propos de cette expression, ce qu'a expliqué ma préface. Nous avions, mes amis et moi, établi une distinction entre « dreyfusard » et « dreyfusien ». On était dreyfusard si l'on croyait qu'une erreur judiciaire avait été commise. C'était mon sentiment On était dreyfusien quand, sous prétexte de combattre cette erreur, on adoptait un certain système d'idées doué d'une incontestable puissance de « chambardement » qui ne trouva dans la littérature et le journalisme de ce temps que trop d'adeptes.

tutions sociales, de principes moraux, de points
d'honneur ou de simples convenances, il excelle
à jeter dans le sein boursouflé de l'affirmation
dogmatique le grain d'observation vraie, de philosophie naturelle propre à la dissoudre. Il possède
ce cynisme paisible et modeste, mais radical,
de la pensée, aussi nécessaire au philosophe que
l'oreille au musicien, et faute duquel on ne saurait
appartenir, parlât-on le plus beau langage, qu'aux
grotesques de la philosophie. Je loue sans réserve
M. Bergeret de cette vertu. Elle fait précisément
qu'il est possible et très agréable de s'entretenir
avec lui, et que le cours clair et facile de sa conver-
sation ne traîne jamais rien d'opaque ni d'offen-
sant.

Mais, pour n'être dupe d'aucun dogmatisme
ni saoûl d'aucune espèce de grands mots, est-on
encore une intelligence libre ? Ou plutôt, par le
seul fait qu'on a l'intelligence à peu près libre,
c'est-à-dire non obnubilée, est-on une nature
libre ? Dans ses admirables études sur Nietzsche,
M. Jules de Gaultier rétablit avec un vigoureux
bon sens la seule acception positive en dehors
de laquelle le mot liberté n'exprime qu'une
creuse rêverie ou une menteuse prétention.
La liberté, c'est le fait de la force. Ou, si l'on veut,
une force, une puissance sont libres en proportion
de la modification dont elles marquent ou dont
elles menacent ce qui les entoure. Or, s'il est
peu d'atomes sociaux plus subtils, il n'en est pas

de plus inefficace que l'atome Lucien Bergeret. (Je le décris avant qu'il ne soit entré dans l' « action ».) Non seulement la nature humaine a atteint en M. Bergeret un extrême degré d'impuissance morale ; mais dans cette impuissance, dans l'inefficacité profonde de sa fine personne, M. Bergeret se complaît ; il s'en est fait une volupté. Volupté rare certes, la plus délicate dont une volonté héréditairement ruinée, un organisme dégénéré et débile puissent être redevables à la supériorité de l'esprit. M. Bergeret ne tient vraiment à rien. Et il ne s'agit pas ici (qui ne le sent ?) de la faiblesse de ses désirs d'honneur ou d'avancement, ni de l'aisance avec laquelle il se console de n'avoir pas part aux lauriers de ses collègues qu'il vaut bien : MM. Jules Lemaître, Emile Faguet. Ce genre de désintéressement et d'incuriosité peut aller, grâce à Dieu, avec une énergie bien intègre. Rendons cette justice à M. Bergeret que, chez une personne de sa sorte, les petites ambitions sont peu déterminantes. Je veux dire autre chose. Quand M. Bergeret, dans son droit de naturaliste et de psychologue, soumet à l'examen toutes ces manières collectives de sentir et d'estimer où le témoignage unanime de l'histoire nous montre et où il reconnaît sans doute lui-même les seuls liens organiques possibles des communautés humaines, les conditions de leur existence et de leur grandeur, je ne le sens pas tout à fait froid, je ne le sens donc pas tout à fait libre. Quand il analyse tous ces objets d'attachement et de dévouement commun, d'enthousiasme et de loyalisme publics (chimères aux yeux du raisonneur abstrait et du sot, principes d'exaltation et d'énergie aux yeux du réaliste), grâce auxquels le genre humain a pris forme et le mot de civilisation un sens, je le soupçonne d'un peu de complaisance destructive, de quelque arrière-pensée nihiliste, qu'il croit bienfaisante et évangélique. Nous blâmons M. Bergeret de sa tendance au nihilisme. Et le lecteur peut-être, de nous trouver en contradiction avec nous-même. N'est-ce pas précisément ce nihilisme que, sous d'autres noms, nous avons loué tout à l'heure ? Pas le moins du monde.

M. Bergeret pense-t-il qu'un gentilhomme français du XVIIIe siècle ne pouvait, ayant lu Bayle et Voltaire avec délices et poussé aussi loin que possible la désillusion critique, porter une noble certitude, une gravité fière et désintéressée dans le service de son roi ? Certes, c'est une sagesse, non pas amère, comme on le dit, mais douce à celui qui la possède, que de connaître le vrai nom des choses selon la philosophie naturelle et de voir comment l'instinct de la vie ourdit les déités seules capables peut-être d'inspirer au commun des hommes, métaphysiciens ou peuple, l'action et la vertu. Mais serait-on digne de cette sagesse, si, par son fait, on ne pouvait soi-même que perdre toute direction ferme de volonté, toute tenue ? Quelle beauté garderait-elle, si elle ne servait à faire de nous que la risée du vulgaire et à laisser aux plus plats de nos ennemis une possibilité de nous mépriser ? Ce pauvre M. Bergeret, si chétif et si mince, méritait-il vraiment d'avoir tant d'esprit et d'y voir si clair ? Il y a une autre sagesse que la sagesse critique et d'un autre ordre. C'est l'entente des principes et des vertus qui ne se discutent pas et qui ne se justifient pas. Ils ne sont pas, ceux-là, inscrits dans un code métaphysique. Mais un esprit sain, qu'aucune dégénérescence n'entame encore, les comprend, les ressent dans la mesure où il se ressent lui-même. Les hommes qui se distinguent du commun par l'habitude de discerner les causes naturelles, devront-ils donc être sans civisme, sans points d'honneur et sans mœurs ! Faut-il qu'élite par la lucidité intellectuelle, ils soient au-dessous d'un terrassier quant à la valeur sociale ? Admettrons-nous que la vaillance, le dévouement à la patrie, les façons traditionnelles de la France et ses héroïsmes héréditaires ne puissent plus être figurés que par quelques sots dévots et bien rablés, — tandis que la clairvoyance critique, entraînerait nécessairement quelque chose de pauvre, de méprisable et d'antisocial dans la personne ! Mais si le présent, si l'exemple de M. Bergeret semblent le dire, le passé et un passé bien national parle là contre. Y eut-il jamais têtes plus libres, plus naturelles, exemptes à un plus rare degré de toute sottise idéaliste et de toute mysticité sentimentale que Vauvenargues, Stendhal, deux militaires ? Et pourtant quelle raison pratique, quelle moralité élective et toute française, quelle vigueur sévère de convenances chez le premier ! Quel feu ! quel goût de conquête, quel charmant arbitraire chez le second ! La saveur de leurs discours est forte et incomparable. Celle des discours de M. Bergeret est comparable à bien des choses, exquises, il est vrai. D'une fluidité paresseuse et merveilleuse, ils manquent de noblesse et de primesaut. Sans être certes d'un cuistre, ils le sentent pourtant plus que l'homme de guerre, l'homme libre. Allons ! M. Bergeret ne se définit pas seulement par sa supériorité intellectuelle, mais par son indigence physique aussi. La cause de son nihilisme n'est pas dans son esprit, mais dans son cœur.

A l'encontre d'un préjugé de l'existence duquel je ne veux d'autre preuve que le respect mêlé de peur inspiré à la bourgeoisie lettrée et philosophe par la « pensée » d'un Elisée Reclus, d'un Kropotkine, des opinions ou des tendances nihilistes, loin de prouver puissance et audace, témoignent toujours d'une intelligence asservie, détrempée par la sensibilité. Ce qui illusionne à cet égard, c'est que, suivant une nécessité

commune à toutes les façons de penser dont
l'inspiration réelle, la cause organique est misé-
rable, le nihilisme commence par se plonger
dans un bain de lyrisme et d'emphase sentimentale d'où il ressort tout ruisselant. Ainsi il lui
devient possible de se mentir à lui-même et
de faire l'orgueilleux. Les lyriques et les prophètes
du nihilisme et de l'anarchisme croient à plus
de choses qu'une paysanne bretonne ; mais les
objets de leur foi sont amorphes idoles, noires
nébulosités d'une nuit sans lune ; leur langage
est bourré de mythes et d'abstractions divinisées,
mais significatives seulement d'émotivités confuses, et, comme dit quelqu'un, d'« états viscé-
raux ». Quand M. Jean Jaurès à qui les socia-
listes de l'école positive et autoritaire, les Guesde,
les Labriola ne manquent pas une occasion de
faire sentir — disons son grand cœur — s'écrie,
tout brûlant d'inspiration : « Nous voulons
défendre les patries, foyers restreints des libertés
provisoires pour (!) fonder l'humanité, foyer
universel des libertés définitives ! » — que fait
entendre M. Jaurès sinon une horreur de toute
forme précise et belle d'ordre public, de civilisation et de mœurs, égale à l'horreur de la
netteté et de la décence dans l'expression, dont
témoigne une elle phraséologie. Un Bergeret —
convenons-en — est incapable de laisser obscurcir
par ces « vapeurs fuligines et crasses » la chambre
claire et bien tenue de son intelligence. Si vraiment

il a le goût du néant, c'est d'un néant sobre et discret. Sa fine dialectique de termite le satisferait bien par elle-même. Il l'exerce sans pontificat comme sans méchanceté. Parée de ce merveilleux langage « qui ne subsiste plus que sur ses lèvres », sa veulerie peut bien lui être douce. Il ne se la dissimule pas (toujours avant l'Affaire). Ceci est d'un aristocrate. Aussi, quelque rapprochement que le zoologiste social ait à faire entre M. Bergeret et d'autres, psychologiquement il faut distinguer...

M. Bergeret est un aristocrate. Mais, de plus, c'est un cœur charmant. Un trait encore par où il se distingue de ses amis dreyfusiens qui, eux, sont, comme M. Jaurès et moins plaisamment que lui, de « grands cœurs ». Il ne se désintéresse pas du bonheur des hommes. Tous ses développements de pensée y reviennent. Il n'aurait pas pour sa veulerie tant de complaisance si elle ne lui paraissait bienfaisante. Il voudrait la multiplier, la rendre nationale en France, non pour avoir des semblables certes (le monde le recréerait moins, s'il n'y était pas si particulier), mais pour éloigner des Français, avec la folie de l'action, de l'entreprise, de la guerre, de la gloire, la source la plus abondante des calamités humaines. Il ne professe pas comme Sébastien Faure la philosophie de la destruction, mais celle de l'atténuation. On connaît son fameux éloge de la troisième République : elle est la facilité ! L'Etat le plus désirable pour une nation, c'est celui où par faiblesse il lui est impossible de tenter quelque chose, où tous les organes dont l'avait douée le labeur des siècles vont s'émiettant. Nous sommes à une de ces délicieuses époques. L'avantage des Français nés ou grandis depuis 1870, c'est de ne plus faire peur à personne. Ils sont plus heureux que ne furent jamais leurs pères. Le monde les laisse en paix, et surtout ils se laissent eux-mêmes en paix. Leurs antiques impulsivités sont bien assoupies. La meilleure éducation publique serait celle qui achèverait de les briser en douceur, de les rendre tout à fait bénins. Ainsi ils n'auraient pas à souffrir d'un contraste entre leurs aspirations et la modestie de leur condition politique. Il y a des gens qui ne se sentent à l'aise dans un vêtement que lorsqu'il est suffisamment élimé et déformé par l'usage, ou par l'effet de leur disgrâce corporelle. C'est de la sorte que M. Bergeret apprécie le bienfait de l'habitacle national et politique des hommes. L'histoire lui enseigne que la vitalité des nations a presque toujours été funeste au bonheur de ceux qu'une cruelle ironie du langage appelle leurs enfants. Il faut louer la médiocrité du régime dont jouissent actuellement les Français. Elle est sa vertu même. Sa faiblesse, d'autant plus doucement ressentie et d'autant plus jalousement entretenue qu'elle est masquée à l'amour-propre par la pompe de l'institution militaire, sa faiblesse est sa force. Il est magnifiquement incapable de faire naître aucun de ces mouvements du sang qui, sous les beaux noms menteurs de loyalisme, de civisme, d'enthousiasme révolutionnaire, se prodiguaient pour la gloire du grand roi, de la Convention nationale, de Napoléon. Il est aussi peu favorable que possible à la frénésie de l'action. Et c'est l'action qui est mauvaise. « Je suis méchant parce que j'agis, dit M. Bergeret au moment de renvoyer sa servante, la jeune Euphémie. Je n'avais pas besoin de cette expérience pour savoir qu'il n'y a pas d'action innocente, et qu'agir, c'est nuire ou détruire. Dès que j'ai commencé d'agir, je suis devenu malfaisant. » Il est vrai que nous le savons d'ailleurs « d'une maladresse qui égalait, pour l'exactitude et la sûreté de ses résultats, l'adresse la plus exercée ». Mais peu importe : je voulais montrer que l'espèce de nihilisme opportuniste de M. Bergeret n'est pas jeu d'esprit, mais tient à la bonté du cœur. Il trouve la gloire digne de malédiction parce qu'elle fait des victimes.

« Vous vous exprimez agréablement, Monsieur Bergeret, lui répond l'abbé Lantaigne. Les rhéteurs parlaient de la sorte dans Rome quand Alaric y entra avec ses Wisigoths... » Effectivement, M. Bergeret ne hait-il donc pas les Wisigoths du dehors et du dedans, toutes les espèces rapaces dont le nihilisme, si nihilisme il y a, ne sera jamais que spéculatif ? Et n'est-ce

pas un effet de la bonté même de notre cœur
que nous l'ayons dur à l'endroit du barbare, ne
fût-ce que pour abriter contre lui de fins fils de
France, des êtres désarmés et charmants comme
Lucien Bergeret? Tendres et durs, de chair pour
nos amis, de fer pour nos ennemis, telle est
l'antique loi de la virilité. Et il faut avoir des
ennemis, si l'on veut être assuré d'être plus que
l'effigie d'un homme. M. Bergeret en a, et qui
l'honorent : M. Leterrier, le recteur, et le doyen,
M. Torquet. Mais il ne leur fait pas peur. Et parce
qu'il ne leur fait pas peur, il leur inspire cette
aversion sombre et maligne qui rôde autour de
lui et gêne sa démarche dans les rues de la ville.
Car telle est la lâcheté du commun des hommes
qu'ils n'osent pas s'accorder, dans le secret d'eux-
mêmes, la consolante douceur d'un sentiment de
haine qu'ils ne pourraient sans péril traduire
par leur attitude, et que, dans la race morale
adverse ils choisissent pour objet de leur indi-
gnation, non le plus fort et le plus dangereux,
mais le plus débile...

Biblique, messianique, romantique, illuministe,
humanitaire, sans attache dans le temps ni dans
l'espace, toutes choses enfin, sauf française, la
religion dreyfusienne devait, son flambeau à
peine allumé dans un coin de Paris, faire traînée
de poudre. Elle avait cause gagnée d'avance
auprès de tous les « déracinés », de tous les
déclassés moraux dont elle sanctifiait les instinc-

tives rancunes, auprès aussi des nouveaux venus de l'intelligence qu'elle promouvait soudainement de leur insuffisance à un sacerdoce. Du même coup, elle provoquait la répugnance des délicats et des simples. Elle est également haïe de M. Maurice Barrès, de M. Jules Lemaître qui la percent et la comprennent, et de vingt commis voyageurs représentatifs de milliers d'autres, par qui je l'entendais récemment maudire dans un hôtel de province, bien qu'ils n'eussent le maniement d'aucun des mots avec lesquels le psychologue la définit. M. Bergeret devait-il y adhérer ? Il n'est pas un nouveau venu, certes. Et il n'est pas non plus sans racines. Je le comparerais, quant à l'esprit, à une fleur de grande espèce que soutient mal une tige appauvrie. C'est ce qui l'a trompé sur lui-même. Tandis que dans l'orageuse atmosphère s'amassaient ces principes mortels qui menacent de vertige l'intelligence et le cœur des meilleurs, il n'a pas éprouvé le réveil de sève qui, après quelque trouble parfois, redresse et fait qu'on se reprend. Et il est tombé — tombé dans l'ornière.

Ainsi était guetté par le nouveau mysticisme M. Bergeret, maître de conférences à la Faculté des Lettres. Ce qui dans son caractère même devait l'en sauver, comment il a été infidèle autant que fidèle à lui-même et trahi une plus fine justice au profit d'une grossière, comment aussi il a bien pu évoluer parmi ses peu prévus coreligionnaires, et si son unique bien, sa liberté de raisonnement, n'aurait pas été cruellement endommagé dans l'aventure : divers points que nous aimerions examiner dans une étude sur M. Bergeret héros.

QUELQUES REMARQUES
SUR LA GERMANOMANIE

Avril 1900.

Au XVIIIe siècle l'esprit français avait été l'éducateur privilégié de l'Allemagne. L'admiration exclusive du grand Frédéric, ce type si aigu, si conscient, et depuis inégalé, d'un caractère prussien, pour notre littérature et notre philosophie, la passion lucide et singulière qu'il mit à s'en nourrir, reste encore aujourd'hui un des arguments les plus capables de justifier l'antique prétention de la pensée française à régner sur l'Europe. Ce n'en fut pas moins un fait très heureux ou plutôt très naturel que l'Allemagne, sortie enfin de son long servage intellectuel, se révoltât contre les maîtres qui l'avaient émancipée en la disciplinant et qu'elle conçût du dédain pour les idées et les méthodes dont la pénétration profonde l'avait mûrie et douée peu à peu de forces égales à son génie propre. La dépréciation de la raison française fut, au début, comme une loi de vie pour la poésie allemande. Gœthe lui-même, un de ces très rares hommes en qui une intelligence universelle n'entame pas l'intégrité, n'affaiblit pas la saveur de la race, ne fut pas dans sa jeunesse un des moins ardents à mener le combat contre nous. Mais plus tard, la victoire acquise, trop acquise peut-être, puisqu'elle menaçait de faire perdre de vue, avec l'excellence de l'adversaire, la permanente nécessité d'une règle de raison qui, chez les modernes, ne pouvait bien s'apprendre que de lui, Gœthe revint au sentiment de ce qu'il nous devait. Les fumées de la bataille s'étaient évanouies, et sa réflexion sereine, sa suprême expérience, remettaient à leur vrai rang, dans la lignée des indispensables artisans et surveillants de l'esprit humain, les grands penseurs de la France, depuis Montaigne jusqu'à Voltaire.

Il est regrettable que Gœthe n'ait pas été suivi par son pays dans ce sage retour. Mais ce n'est pas surprenant. Les vues libératrices, les formules d'affranchissement des initiateurs de génie deviennent (une fois leur effet accompli et leur utilité épuisée) des routines et des ornières pour la foule. Le dédain de l'esprit français est un des traits les plus significatifs de l'Allemagne instruite au cours du XIXe siècle, et, autant le dire tout de suite, une de ses plus fâcheuses lourdeurs. L'opinion moyenne et l'opinion savante coïncident en ce point. L'homme de demi-culture, le Homais germanique s'accorde avec le professeur de collège ou d'Université pour dénier à notre race tous les signes de la grande vocation intellectuelle. C'est là une de ces certitudes nationales que chaque génération depuis bientôt cent ans rapporte et retient de l'école.

On nous reconnaît d'ailleurs pour le peuple le mieux doué quant aux talents, on admire notre facilité, notre abondance, notre virtuosité, notre prestesse. On nous tient pour les maîtres incontestés et exclusifs dans toutes sortes de production élégante et légère. Les Allemands se jettent sur nos vaudevilles, nos opérettes, nos romans mondains, nos flons-flons et nos calembours, sur tout ce que le boulevard enfante pour un jour de plus bruyant et de plus creux, avec une curiosité appliquée et avide dont aucun Français de bon goût ne leur donne pourtant l'exemple, et dont leur dignité n'est peut-être pas sans souffrir. Mais ils se rattrapent en nous méprisant de les avoir amusés. Et cette supériorité inimitable dans tous les genres de second ordre, dans tout ce qui demande des imaginations fertiles et adroites, riches en expédients, promptes à combiner et à résoudre, leur semble la meilleure preuve de notre manque de profondeur et de notre disqualification pour les œuvres hautes. La profondeur, la gravité de la

pensée sont, comme la bière, choses allemandes.
Nous sommes infatigables pour divertir l'humanité civilisée, et nous allons jusqu'à lui offrir de
temps en temps la féerie sanglante d'une révolution. Mais toutes les conquêtes spirituelles,
toutes les acquisitions sérieuses et durables de
l'époque moderne dans l'ordre philosophique,
religieux et moral : ainsi la Réforme, la Critique,
le Panthéisme, l'Exégèse, le « sens du devenir »,
ne sont-ils pas dus au génie germanique ? L'esprit
français, gallo-romain, est essentiellement un
esprit de surface. Il est verbal et oratoire. Il ne
conçoit que le fini, n'est sensible qu'à la forme
arrêtée. Peut-être, de toutes ses aptitudes, la
plus respectable est-elle encore l'aptitude mathé-
matique. Car il excelle dans l'expression et l'analyse des vérités exactes. Mais il est très désarmé
pour la métaphysique et, en général, pour toutes
les découvertes qui supposent une certaine pénétration intuitive, un certain sentiment spontané
des forces de la nature et de la vie. Avec son goût
chétif des idées claires, il se ferme tout accès
dans l'obscur des origines et dans l'inconscience
féconde des devenirs. Il est raisonneur. Il ne
sait pas se servir de l'émotion pour comprendre.
Cependant ce n'est pas par le raisonnement sec
que nous pouvons entrer en communication avec
l'infini, le divin des choses. L'esprit français n'a
aucun sens de l'infini. Voilà le mot. Il est athée.
Il est catholique ou païen, c'est-à-dire encore

athée. Il est incapable de penser Dieu. Il ne sait pas que comprendre, comprendre du moins avec quelque profondeur, c'est jeter des clartés sur Dieu.

Au temps où nous étions étudiant en Sorbonne, nous aurions pu développer ce thème avec plus de variété et d'éloquence, car il nous paraissait vrai. Aujourd'hui nous n'avons peut-être pas su le faire saisir, ne le saisissant plus très bien nous-même. Mais il nous suffit qu'on le reconnaisse. Il a été soutenu et propagé par de très illustres voix françaises. Au fond, ce fut à peu près la profession de foi de Renan jeune, de Taine même, de Scherer, et une façon de penser assez commune chez les critiques du second Empire. Renan commença par l'enthousiasme de l'Allemagne et le dédain de l'esprit classique français. Mais il changea. Il était idéaliste allemand par réaction et par inclination, par réaction contre le matérialisme du nouveau régime et par inclination à la religiosité. Il l'était aussi par amour de l'exégèse allemande et par ardeur confuse de jeunesse. Mais à mesure qu'il devenait un plus grand artiste, une imagination plus lucide et plus belle, un maître plus inspiré de la grande prose française, il se préoccupa moins de l'infini et de Hegel, et pencha du côté de l'art classique. Scherer, qui n'apprit pas à bien écrire notre langue, resta toujours au point de vue hégélien et germanique.

Chez nous donc aussi, pour le très grand

nombre des hommes de « haute culture », depuis une cinquantaine d'années, la supériorité philosophique de l'esprit allemand, de la race allemande, est devenue un dogme, j'allais dire encore une routine. Cette conviction est un trait commun d'abord à presque tous les érudits, philologues, linguistes, archéologues, paléographes numismates, exégètes, historiens des religions ou des littératures... C'est en effet d'Allemagne que viennent les seuls répertoires et dictionnaires convenablement faits. En France, on ne sait pas faire un répertoire! Et cela prouve tout au moins que les Allemands l'emportent sur nous par la ténacité et la patience. Sont-ce là des vertus métaphysiques ? Un bon hégélien, estimant que l'histoire de l'esprit humain est la révélation progressive de Dieu (c'est-à-dire n'hésitant pas à charger Dieu de toutes les folies et sottises conçues par l'homme) pensera sans doute que la tête la mieux garnie de documents et de textes bien classés est par là même la plus hautement inspirée. L'hégélianisme est un peu la divinisation du « savant », et tout Allemand est un peu hégélien. Comment la patrie de Hégel ne serait-elle pas la patrie intellectuelle de nos « savants », de ceux tout au moins qui ne savent pas, comme l'auteur de la Prière sur l'Acropole, jouer avec leur savoir ? (1)

(1) Cette argumentation ironique avait son utilité quand il s'agissait de rendre aux Français déprimés par la défaite de 1870

D'une façon plus générale, l'Allemagne est aujourd'hui le pôle attractif de ces honnêtes et respectables esprits qui ont surtout le goût de la « profondeur » et ne trouvent pas de quoi le satisfaire chez nos philosophes et nos écrivains français, de ces hommes qui attendent de la pensée humaine exactement ce qu'ils eussent attendu autrefois de la révélation divine, qui demandent à une œuvre littéraire ou artistique de leur manifester quelque chose de l'infini, de l'absolu, de Dieu, de leur apporter quelque grande nouvelle sur la destinée, et se scandaliseraient au plus haut point de cette idée que l'art pût bien n'être qu'un jeu. Et certes, il en faut convenir, ce mépris ou

et trop portés à surestimer le vainqueur, un haut et vigoureux sentiment d'eux-mêmes, de ce qu'ils peuvent valoir. Aujourd'hui je lui reprocherais de sentir précisément cette défaite dont nous sommes relevés. Je dirais de cette page et de celles qui la suivent que, depuis l'année 1901 qui les vit éclore, elles ont en quelque sorte *rapetissé*, ou bien qu'elles ont *aigri*. Elles sont toujours sur la défensive... Les encyclopédies d'une vraie science, les répertoires érudits et philologiques qui font autorité dans le monde, témoignent, au premier chef, pour la force du peuple qui a réussi à les mettre sur pied. La contribution générale des Allemands au progrès des connaissances historiques et des disciplines annexes de l'histoire est quelque chose de très imposant, et qui devait particulièrement leur rapporter du prestige dans un siècle qui a vu se rompre l'équilibre et la distribution séculaires des diverses parties de l'humanité, maintes nations ou races se relever d'un long sommeil, rentrer sur la scène historique, commencer une émigration. Et peut être ce mouvement n'est-il encore qu'à son début. C'est par la considération de ces faits qu'on se rend compte, mieux qu'il ne me plaisait de le faire, de l'extrême importance de la philosophie hégélienne J'en parle non point par goût ou dégoût, mais par le sens de ce qui est cette peur du jeu (il y a pourtant des jeux divins), de l'art pour l'art (dans le sens le plus élevé et le plus libre de cette formule), de la pensée, de la curiosité, du bien dire pour le plaisir, n'est pas une excellente disposition pour aimer d'un cœur sincère et d'une conscience bien tranquille le génie français ni peut-être le génie grec. Henri Heine reprochait aux Allemands de chercher une signification à tout, une signification métaphysique ou cosmique, s'entend. Il est certain qu'on poursuivrait vainement ce genre d'arrière-pensée solennelle chez ceux de nos écrivains qui ont écrit le plus purement et le plus brillamment notre langue. Montaigne, Pascal et Descartes eux-mêmes, Bayle, Voltaire, Montesquieu, Stendhal, Sainte-Beuve, se sont donnés pour les serviteurs de la raison ou les amis des Muses et non pas pour les continuateurs ou les substituts de la Bible. Tous ceux des nôtres qui ont eu un peu trop de métaphysique germanique dans le sentiment ont écrit mal : ainsi Quinet, Pierre Leroux. Ils ont donc mal pensé. En faut-il conclure qu'un génie bien français ne sera jamais qu'un amuseur ? Assurément si l'on ne ressent le sérieux philosophique que sous les espèces allemandes. Mais c'est la question. On peut être autrement fait, et trouver infiniment plus de vrai sérieux, de sérieux brûlant, salubre et viril dans une page de Rabelais, de *Candide*, de *Le Rouge et le Noir* ou des *Lundis* que dans tout

Schelling, ou, avec Nietzsche, plus de tragique vrai dans *Carmen* que dans *Parsifal.*

Je signale ici un état d'esprit qui, pour être difficile à personnifier dans tel ou tel de nos contemporains, n'en constitue pas moins un des caractères les plus intéressants — j'ose ajouter pathologiques — de l'époque. La confiance en la « mentalité » française a énormément décru en France. Une élite assez nombreuse dédaigne l'esprit français ; elle n'en espère rien de grand, elle ne peut s'empêcher de considérer Sarcey comme son représentant le plus authentique. L'éloge des qualités nationales n'est plus entrepris par M. Prudhomme dans les cérémonies officielles. Les esprits moins vulgaires s'en tirent en nous complimentant à côté, en encourageant des mérites qui ne furent jamais naturels à notre peuple. Après la guerre, l'Université comptait beaucoup sur le développement des études philologiques pour relever la nation. Car il paraît que la philologie allemande nous avait battus. On a dit aussi que c'était le « maître d'école » allemand, que c'étaient même Fichte et Schelling ! Il fut de mode de chercher au désastre de 1870, si naturellement déterminé par dix années de mauvaise diplomatie et de désorganisation militaire, des explications tout à fait mystiques. Une lâcheté de jugement, qui fut à peu près universelle en Europe, tira de la déroute de nos armées cette fabuleuse conclusion de la supé-

riorité psychologique du vainqueur sur le vaincu.
En quoi cependant la fâcheuse politique extérieure de l'Empire, l'incapacité de nos généraux, l'insuffisance de nos effectifs devaient-elles faire douter — et surtout faire douter des Français — du prix de ces uniques vertus par où notre race séduisit et domina d'autres siècles ? N'était-ce pas toujours assez de cette lucide et imperturbable raison, de ce réalisme ferme mais tempéré par le sentiment, de cette froideur de tête avec le feu du cœur, de cet esprit d'aventure corrigé par l'ironie, de cette logique bondissante et libre, de ce goût suprême enfin, pour faire de nous des maîtres ?

Il y a, de plus, dans les qualités intellectuelles propres à la France et dans le pur usage d'art et d'analyse que nos meilleurs écrivains en ont constamment fait, quelque chose qui offense les sensibilités démocratiques. Au fond, tout vrai démocrate est une nature dévote, et il me semble que la façon de raisonner suivante dégage assez bien ce qu'il ressent à cet égard : « Tant que la solution des problèmes qui concernent l'origine première et les fins de notre espèce, le sens dernier de l'Univers et de la Vie, la nature du Droit et de la Justice, bref les plus graves intérêts de l'Homme, passait pour contenue dans un certain nombre de textes révélés et que les pouvoirs terrestres défendaient à chacun d'en dire son mot, on ne pouvait évidemment demander aux œuvres de l'esprit humain que de divertir. Alors l'esprit français était roi. Mais, depuis que par la ruine des autorités religieuses, l'Humanité a été appelée à résoudre par ses seules forces l'énigme de sa destination, de son devoir, de son idéal, le rôle d'amuseur de l'Europe n'est plus tolérable. Il faut décidément en prendre un autre, si l'on veut compter. Dans l'Etat moderne et démocratique, chaque individu n'est-il pas un envoyé de Dieu, un prêtre ? L'esprit français n'a rien de sacerdotal. Il est donc contraire essentiellement au sérieux des démocraties. »

Je pourrais citer bien des faits à l'appui de mon dire. Ne voyons-nous point, par exemple, une certaine opinion officielle mettre au premier rang des patrons et des éducateurs de la conscience nationale ceux de nos écrivains dont la conception, ayant été le plus débile, a éprouvé le besoin de se faire le plus trouble : Michelet, par exemple, admirable comme imaginatif et artiste français, déplorable comme idéaliste et panthéiste allemand ? On ne s'en rapporte plus aux têtes vigoureusement et nettement françaises pour éduquer des Français. On a peur d'elles. On les trouve peut-être un peu cyniques, un peu scandaleuses. Elles sont, en effet, trop naturelles et trop saines. Cent faits, gros de signification, nous serviraient au besoin à prouver à quel point l'élite — j'entends l'élite officielle ! — de notre pays est germanisée ou, pis encore,

genevoise. Il s'agirait de savoir si elle reste ainsi
une élite et si, malgré ces grands mots de Liberté, d'Humanité, d'Individualisme, de Lumière
pour tous, qui ne furent jamais plus à la mode
et dont elle fait un abus déjà suspect à lui seul,
elle ne serait pas bien plutôt devenue une maîtresse de servitude intellectuelle et morale, de
tristesse, d'hypocrisie, et d'ennui.

FRAGMENTS

1895.

Vous êtes poète, X... Je prenais le mot dans son vieux grand sens humain et pensais que les flots d'amour, de haine, de désespoir et de joie, les passions, éternels serviteurs de la vie et de la mort, devaient fluer plus pressés, plus riches à votre âme que chez les autres hommes. Mais non ! votre âme est bêtement à l'ancre ! Vous avez fermé soigneusement tous les canaux pour que rien ne trouble la flaque où votre chétive et précieuse image se contemple.

Le poème parnassien est la négation de la poésie, comme de petits cailloux secs, — mettons des gemmes ou des gemmicules, pour vous complaire, — sont en quelque sorte la négation du gazon, de la fleur et de l'onde.

*
* *

Sur deux Botticelli du Musée de Berlin. — Ce profil de jeune fille femme, dont, sous la très fine et très régulière beauté, sous la divine grâce enfantine conservée à travers l'expérience sensuelle qui a doucement mûri le corps, le charme, l'inexprimable charme a quelque chose de triste et de trouble, ce profil, le peintre ne l'a pas chéri, voulu en peintre, n'en a pas eu la révélation soudaine sur la place publique, à l'église. C'est sa maîtresse. C'est « l'enfant malade » avec qui la joie et la douleur entrèrent pour jamais dans sa vie, par quelque journée mal défendue, secrètement orageuse et bouleversée de sa jeunesse, où il la rencontra, et le lendemain, au réveil, s'attrista et lui sourit de sentir qu'il l'aimait immensément. Que nous sommes loin de l'hommage rayonnant, glorieux, parfois sans doute tout caressant et intime, mais, dans cette fine intimité même, princier et royal, que Rubens rend sur cent toiles à la femme aimée ! Chez Rubens, la fleur heureuse de la chair s'épanouit en un sourire de douce majesté, la chevelure blonde est le soleil, opulent ou délicat, que rayonne la vie... O jeune maîtresse de Botticelli, si jolie que le cœur se serre rien que de te regarder, si chaudement et doucement blonde que la couleur de tes cheveux ne saurait être nommée, tu n'es pas, toi, la fête des yeux. Petite beauté grecque, tu n'es pas née, comme tes sœurs, de l'enchantement magique d'un regard, tu n'es pas la fille de l'humidité brillante, tu es l'enfant de la tendresse et de la meurtrissure. Quelle complaisance infinie et souffrante a pétri le grain pourtant rose et juvénile de tes joues ? Tu regardes droit devant toi, avec ta bouche pure, indifférente et attentive comme une enfant... Mais, en même temps, quelle pensée assombrie, presque farouche, semble gésir en ton être ! Ton nez, d'une beauté merveilleuse, est petit, mais tombant droit entre deux ailes bien creusées, sensuel et sensible, sans ombre de malice, un de ces nez où l'on sent les bonnes larmes comme les baisers toujours proches. Sur ta bouche, close en un volontaire silence, tes lèvres s'ouvrent comme une fleur. Pas méchante, pas fausse, avec tes yeux vagues et ton étrange innocence, pourquoi me fais-tu souffrir ? En face de toi, sur le mur de ce musée, je vois ton ami ! Qu'importe que ce ne soit pas son propre portrait ? Ce lui est un frère, ce jeune homme rasé, vêtu de noir, la chevelure noire et belle, les joues, le front, le nez amples, virils, des fortes et complètes intelligences, mais souverainement fermé et hautain, la tête sortant haute et précieuse du fin col blanc, les paupières baissées sur les yeux sans doute superbes, le menton plein de finesse et de puissance s'avançant fortement, insoucieux de la beauté vulgaire, dans une défensive dédaigneuse. Bien des hommes le suspectent peut-être. A-t-il un ami ? Il vit à l'écart. On l'accuse de ne replier ses regards en dedans que pour y contempler une orgueilleuse image de lui-même. Mais nous, après quatre siècles, nous comprenons mieux son secret et nous lui pardonnons. En lui-même il contemple deux rêves : le rêve de l'insaisissable beauté et le rêve de tendresse douloureuse que tu lui fais vivre. S'il t'aime ? ah ! il suffit de voir avec quelle inimitable douceur sa main a partagé les cheveux sur ton front. S'il te connaît ? Sur ce front même il l'a avoué, en n'en chassant pas je ne sais quelle atmosphère lourde, haleine là restée de la mère sans vertu qui te berça. Tu es celle contre qui on ne s'irrite pas. Ta puissance sur lui, c'est qu'en toi-même il trouve ce qui le rafraîchit de toi. En ta grâce parfaite et sous le velours rouge qui te pare si légèrement, petite princesse, tu es peuple. Ton corps charmant de femme a fleuri presque absurdement sur ton âme vague d'enfant. Et ton ami s'en émerveille bien plus que si ton âme était forte. Que de fois tu mis à ce prince qui ne pleure jamais deux grosses larmes au coin des yeux ! Que de fois tu fis marcher à quatre pattes, rire largement et haut, de ce bon rire plus bienfaisant à l'âme et au corps que l'eau fraîche ou le sommeil, ce prince fin et impassible !

*
* *

De la frêle fleurette blanche de ton amour je ferai un arbre magnifique sous lequel je me reposerai dans l'été de ma vie. De tes petites lèvres fines qui se pincent pour comprendre je ferai une bouche où sourira largement toute la bonté de la nature... A moins que du filet de vinaigre qui filtre de ton caractère tu ne fasses un fleuve d'amertume où je m'empoisonnerai.

*
* *

La nature est partout, et par toutes les journées, si belle à celui qui l'aime qu'il se reproche parfois les heures où il ne l'a pas regardée. Et pourtant, travaille ! Ferme tes rideaux et dévore les jours du printemps à forger la pensée abstraite que tu laisseras comme un outil aux générations futures. Connais la dure joie de renoncer à la sortie espérée le soir, parmi les effluves des lilas, la grâce hâtive des jeunes filles, dans la douce beauté des rues, parce que le problème non résolu te tient d'une âpre prise. Quand tu auras terminé quelque détail qui t'épuisa, bien fixé un boulon, affilé un tranchant, honnête ouvrier, une matinée d'été sera ta récompense. Tu refermeras la grille de ta maison. Tu descendras la colline, faible et vacillant encore, t'attardant aux petits chemins où haies et buissons s'enivrent en secret de vie, où les petits oiseaux sont fous, n'osant exposer ta poitrine à l'incendiaire splendeur de la vallée

rayonnante et du grand fleuve. Un peu de coquet-
terie t'aura été permise. Et tu rencontreras une
jeune fille qui te parlera et tu respireras en elle
l'âme de l'humanité.

* *

La corruption du goût par finesse est cent fois
pire que la nullité du goût. Un public naïf qui ne
s'intéresse à un tableau que pour le sujet : *Meurtre
de Frédégonde, Séance de l'Inquisition, Le Sommeil
du duc d'Albe, Charge de cavalerie, Prière du soir,
Traîneau attaqué par des loups*, mais qui s'y
intéresse passionnément, nourrit encore la chaude
force d'où demain peut-être naîtra un grand
artiste, c'est-à-dire un puissant embrasseur des
choses humaines. Un public exquis, incapable
d'être dupe, qui sait, à un cheveu près, où commence le déjà fait et le déjà vu est nécessairement
stérile. Il est consommé, c'est-à-dire fini. Le
raffinement du goût n'est louable que chez un
vrai artiste productif. Car ce raffinement n'est
que l'expression de l'honnêteté de son propre
faire. Un esprit à la fois raffiné et improductif,
comme notre cher Paris en exhibe tant et de si
précieux aux premières représentations, appar-
tient au superflu, à l'usé de l'humanité ; il est
même nuisible si on le laisse. C'est une vieille
cellule.

*
* *

Que tout art et tout artiste doive exprimer l'universel, c'est un truisme. Mais il y a deux grandes races d'artistes, parce qu'il y a, pour ainsi dire, deux sortes de dispositions à l'égard de l'universel. Les uns (Gœthe, Léonard de Vinci), grands seigneurs de l'esprit, aisément et naturellement détachés d'eux-mêmes, nullement enivrés d'une individualité, qui est douce, noble, fine, polie, parfois un peu molle, inclinent sans effort à universaliser toutes leurs pensées. Ce sont les grands pacifiques. Les autres (Pascal, Rembrandt, Wagner), doués d'une personnalité violente, esclaves d'une volonté enfiévrée, poursuivent le même but d'apaisement dans une vérité universelle. Mais ils ne veulent rien abdiquer d'eux-mêmes. Ils veulent forcer le ciel avec armes et bagages. Ils ne sont pas indifférents à la terre, ils veulent la soumettre à ce qu'ils font, l'entraîner de force avec eux. Ils trouvent le vol des anges trop facile. De là leurs combats terrestres, leur sublime amertume qui les met souvent en révolte contre les mœurs et en fait des mauvais garçons comme Rembrandt et Wagner. Ils cognent toute leur vie. Parce que je me sens plus voisin de nature des premiers, je chéris plus les autres, ces terribles enfants de la nature et de Dieu.

Ces derniers sont les plus inégaux dans leurs

créations. Mais aussi la langue qu'ils ont parlée est par elle-même plus géniale et plus inimitable ; elle est de terre et de feu. Par la souveraine intelligence qui leur rend toute la nature transparente, un Léonard, un Gœthe sont les maîtres aisés et souverains de la couleur et du mot. Ils font tout ce qu'ils veulent. Leur style est d'air et de lumière. Il est l'œuvre de l'esprit. Mais le style d'un Rembrandt est l'œuvre du sang, œuvre secrète, œuvre de colère... On peut comprendre comment la *Joconde* a été peinte. Mais s'il a fallu un mois ou cent ans pour peindre *La Naissance du Christ* ou *La Mise au tombeau* de Munich, voilà ce qui nous laisse rêveurs.

C'est d'une bien grande insolence à l'égard de nos semblables et c'est aussi d'une folle témérité que de ne pas leur en faire accroire. Ils ne nous le pardonnent pas

Toute association spirituelle tend à devenir une association d'intérêts.

Sans croire avec l'école historique que les

systèmes de philosophie ne soient que des synthèses par lesquelles l'esprit humain cherche de temps en temps à unifier le savoir, et qui, par conséquent, doivent se périmer et céder la place à mesure que l'expérience s'enrichit, s'amplifie, se rajeunit, que le monde et la vie se révèlent à l'homme sous de nouveaux aspects ; remarquant, au contraire, que Leibnitz a fondé une philosophie et rouvert à la pensée moderne un champ immense en mettant le cartésianisme à l'école d'Aristote, rêvant moi-même à la fin du XIXe siècle de remettre le kantisme à l'école de Platon, je dis pourtant que le besoin de philosopher, donc la philosophie, ne s'est jamais produit et ne peut se produire qu'à une époque de culture très avancée, dans des esprits riches de données et de lumières de toute sorte, éveillés par une suffisante observation de la nature et une assez longue épreuve de la religion et de l'histoire à une claire vue des grands problèmes cosmiques et moraux. Ç'a été, rien de plus frappant, le cas en Grèce. Le besoin fondamental de l'esprit c'est de se satisfaire par la vérité. C'est de se reposer, de s'apaiser en elle. Mais repos suppose trouble, et pacification guerre intérieure. Nous philosophons pour nous délivrer de la guerre que mille vérités certaines, profondes, précieuses, mais séparées, d'ordres différents, sans communication entre elles, ennemies même, installent dans notre esprit, sollicité sans cesse en mille sens divers et déchiré par son savoir comme Penthée. C'est sous la tyrannie d'un esprit trop plein que se produit l'effort spéculatif. Comparons-le grossièrement au mugissement de la roue de Savart qui ne se fait entendre qu'à partir d'un haut degré d'accélération.

Philosopher sans une conscience ingénue et présente de ce besoin, c'est se vouer à la scolastique et à une traînante logomachie. C'est être, dans l'ordre de l'esprit, un domestique, le Wagner du *Faust* de Gœthe.

La France est en ce moment (1895), et depuis des années, le pays d'Europe qui compte le plus de politiques distingués, instruits, fins, capables d'écrire les traités les plus élégants et d'obtenir le prix à tous les concours. Le *bon* lui manque, celui qui ne choisirait pas la méthode et l'action parmi le tas des idées, mais dont toutes les vues et sentences naîtraient de l'action, exprimeraient en gros traits cette expérience qui se puise dans l'action. Il faut des jambes agiles et un certain souffle pour tourner indéfiniment autour du pot. Cela exprime la politique parlementaire, où il se dépense une prodigieuse quantité de talent. Mais il est mieux d'avoir le coup de jarret sûr et mesuré pour sauter dans le pot sans manquer.

*
* *

Un ralentissement de la culture en France serait comparable à l'anémie d'un estomac trop longtemps vide. En Allemagne, ce serait comme si la nourriture tournait en pierre.

*
* *

Je passe pour hésitant, amateur, voluptueux et l'on dit que je me peins dans ma démarche gaie, non pressée, balancée, qui hume librement toutes les senteurs de l'air et jouit curieusement de tout ce qui passe. Cela est juste. Et cependant la clef de toute mon existence, je pourrais dire de toutes mes actions est une incessante, dévorante, parfois maladive activité.

TABLE DES CHAPITRES

Alençon. — Imprimerie Alençonnaise, 11, rue des Marcheries.

www.ingramcontent.com/pod-product-compliance
Ingram Content Group UK Ltd.
Pitfield, Milton Keynes, MK11 3LW, UK
UKHW031832170726
13836UKWH00004B/1646